dtv

Der Brenner kehrt nach Jahrzehnten zurück in seine Heimatstadt Graz. Woraufhin dort alle möglichen alten Gespenster wieder zum Leben erwachen. Denn eine Jugendsünde, seinerzeit begangen mit drei Freunden von der Polizeischule, holt ihn wieder ein. Einer der Freunde ist damals tödlich verunglückt, einer ist heute Hausmeister im Arnold-Schwarzenegger-Stadion. Der vierte jugendliche Komplize hat es inzwischen zum Kripochef von Graz gebracht. Und ist überhaupt nicht begeistert, als der Brenner wieder auftaucht und die alte Geschichte aufwärmt. Letztendlich kann man von Glück reden, dass sich in Brenners Heimatbezirk Puntigam nicht nur die Brauerei befindet, sondern auch die Landesnervenklinik Sigmund Freud. Dort vollzieht sich am Neujahrsmorgen ein echtes medizinisches Wunder ...
»Die Brenner-Bücher gehören zu den besten und komischsten deutschsprachigen Krimis.« (Uwe Wittstock in ›Focus‹)
»Es lässt sich ohne Übertreibung sagen: So etwas hat die deutsche Literatur überhaupt noch nicht gesehen. Grandios.« (Moritz Baßler in der ›FAZ‹)

*Wolf Haas* wurde 1960 in Maria Alm geboren und mit seinen Brenner-Krimis berühmt. Sie wurden mit dem Deutschen Krimipreis sowie dem Literaturpreis der Stadt Wien ausgezeichnet, in mehrere Sprachen übersetzt und fürs Kino verfilmt. Für seinen Roman ›Das Wetter vor 15 Jahren‹ (dtv 21269) erhielt Wolf Haas den Wilhelm-Raabe-Preis. Er lebt als freier Autor in Wien.

Wolf Haas

# Das ewige Leben

Roman

Deutscher Taschenbuch Verlag

Von Wolf Haas
sind im Deutschen Taschenbuch Verlag erschienen:
Das Wetter vor 15 Jahren (21269)
Der Brenner und der liebe Gott (21282)

**Ausführliche Informationen über unsere Autoren und Bücher finden Sie auf unserer Website www.dtv.de**

MIX
Papier aus verantwortungsvollen Quellen
FSC® C019821

Ungekürzte Ausgabe 2011
Deutscher Taschenbuch Verlag GmbH & Co. KG,
München

Umschlagkonzept: Balk & Brumshagen
Umschlagfoto: Jan Roeder
Satz: Pinkuin Satz und Datentechnik, Berlin
Druck und Bindung: C.H. Beck, Nördlingen
Gedruckt auf säurefreiem, chlorfrei gebleichtem Papier
Printed in Germany · ISBN 978-3-423-21328-8

# 1

Jetzt ist schon wieder was passiert. Und ob du es glaubst oder nicht. Zur Abwechslung einmal etwas Gutes. Weil erlebst du auf einer Intensivstation auch nicht jeden Tag, dass dir ein Hoffnungsloser noch einmal wird.

Auf einer Intensiv passiert natürlich rund um die Uhr so viel, dass normalerweise niemand vom Personal viele Worte über irgendwas verliert. Und wenn du müde von der Intensiv nach Hause kommst, hast du die meisten Vorfälle schon wieder vergessen, weil eines verdrängt das andere, und wo die Ereignisse sich überschlagen, kommt schnell der Punkt, wo man sagt, alles ganz normal.

Mit dem Herz-Ausschütten hörst du da schon nach ein paar Wochen auf. Lieber ein stummes Abendessen, ein bisschen die gedrückte Stimmung verbreiten, damit kann man die Familie auch tyrannisieren, das ist weniger anstrengend und hat fast den gleichen Erholungswert wie hysterisches Herumbrüllen. Ich erwähne es nur, weil die Frau vom Professor Hofstätter sich immer darüber ausgeweint hat, ausgerechnet bei der Schwester Vanessa, aber die Ehefrau erfährt es eben immer als Letzte.

Umgekehrt die schönen Erlebnisse. Die sind natürlich auf einer Intensiv besonders schön. Ein Patient kann sich wieder rühren, erholt sich komplett, das ist wunderbar. Und wenn dir ein Hoffnungsloser aufwacht, das ist das Schönste, was du erleben kannst.

Aber interessant. Genauso wie Sachen mit der Zeit wieder gut werden können, die am Anfang recht schlimm aussehen, gibt es auch das Umgekehrte. Und es schaut etwas schön tröstlich aus, Sinn und alles, und nach einer gewissen Zeit musst du zugeben, es hat gut angefangen, aber jetzt leider Schutt und Asche. Jetzt leider Mord und noch einmal Mord. Jetzt leider sinnlose Zerstörung.

Aber ich sage, man muss nicht immer alles vom Ende her betrachten. Man kann auch einmal eine gute Sekunde einfach gelten lassen. Einfach nicht zu weit Richtung Ende schauen, dann geht es schon. Zum Beispiel in Graz. Landesnervenklinik Sigmund Freud, sprich Puntigam links, weil Autobahnabfahrt Puntigam und dann links. Ausgerechnet am Neujahrstag! Das war eine Aufregung und ein Jubel, wie der Hoffnungslose aufgewacht ist, frage nicht.

Im Nachhinein ist dem Intensiv-Pfleger immer vorgekommen, dass er am Morgen gleich gespürt hat, etwas ist in der Luft. Wie er am Neujahrstag in die Klinik gekommen ist, hat er schon am Eingang so eine eigenartige Stimmung gespürt. Schon wie er vom Parkplatz hereingekommen ist, eine rein atmosphärische Angelegenheit.

Aber gut, der Intensiv-Pfleger war ein bisschen ein Schwätzer. Mehr gibt mir da schon zu denken, dass sogar die Schwester Vanessa behauptet hat, sie hat es gespürt. Aber erst oben, auf der Station, wie sie aus dem Lift gekommen ist, unten noch nicht. Nur die Schwester Corinna hat gesagt, Blödsinn, sie hat gar nichts gespürt, und sie war sogar als Einzige direkt nebenan im Schwesternzimmer, quasi Seitenhieb auf die Schwester Vanessa, die wieder einmal verspätet aus dem Lift stolziert ist, und da will sie schon den Hoffnungslosen gespürt haben.

Das sind eben die kleinen Rivalitäten, die gibt es auf einer Intensiv genauso wie auf jeder anderen Station. An und für sich ist es nicht so schlimm, wenn eine Schwester am Neujahrsmorgen ein paar Minuten zu spät kommt. Normalerweise Neujahrstag eher ruhiger als sonst, weil die paar Alkoholvergiftungen fallen nicht so ins Gewicht. Nicht halb so schlimm wie die Selbstmorde am Heiligen Abend oder wie die Alkoholleichen nach einem großen Spiel im Arnold-Schwarzenegger-Stadion.

Aber die Schwester Corinna hat es eben aufgeregt, dass die Schwester Vanessa wieder einmal als Letzte aus dem Lift spaziert ist, und schon will sie den Hoffnungslosen gespürt haben. Ich persönlich finde den Oberpfleger weitaus schlimmer, der behauptet hat, er hätte es schon beim Eingang unten gespürt. Da wundert mich direkt, dass er es nicht schon in der Tiefgarage gespürt hat oder bei der Anfahrt auf der Puntigamer Brauerei-Straße.

Obwohl ich ganz ehrlich sagen muss, der Schwester Corinna glaube ich auch nicht, dass sie direkt nebenan im Schwesternzimmer überhaupt nichts gespürt hat. Im Grunde kann man ihnen allen miteinander nicht trauen. Weil interessant, oft wissen die Leute, die selber dabei waren, am allerwenigsten, wie es wirklich war. Und leider sind wir heute so weit, dass die Menschen nicht mehr wissen, was sie spüren. Jeder redet sich alles auf seine Weise ein, und der eine hat immer schon alles am Parkplatz unten gespürt, und der andere hat immer überhaupt nichts gespürt, obwohl er nebenan im Schwesternzimmer war, weil jeder glaubt, er ist es irgendwie seiner Persönlichkeit schuldig, dass er es schon am Parkplatz unten oder nicht einmal im Schwesternzimmer gespürt hat.

Aber pass einmal gut auf, was ich dir sage. Parkplatz gibt es nicht, ganz klar. Aber dass du nur durch eine dünne Wand getrennt überhaupt nichts spürst, das kaufe ich der Schwester Corinna auch nicht ab. Weil du spürst es, wenn keine zwei Meter entfernt einer vom Totenreich zurückkehrt, da ist eine Energie im Spiel, da kannst du so eine dicke Haut wie die Schwester Corinna haben, und du spürst es trotzdem.

Nur in einem Punkt waren sich alle einig. Wie sie den Putzmann schreien gehört haben, ist ihnen sofort klar gewesen, dass es um Leben und Tod geht. Und wie sie dann in das Zimmer hineingestürmt sind, haben sie es gleich gesehen. Der Hoffnungslose sitzt aufrecht im Bett und schaut sie interessiert an.

Dass es so was gibt! Ist der Hoffnungslose wieder aufgewacht. Das musst du dir einmal vorstellen, der hat sich vor drei Wochen in den Kopf geschossen, und der Professor Hofstätter hat immer gesagt, wenn der nicht so einen Quadratschädel hätte, dann wäre er auf der Stelle tot gewesen, aber nichts da, er hat leiden müssen und ist nicht gestorben. Und jetzt sitzt er nach drei Wochen Koma aufrecht im Bett und schaut die Hereinstürmenden so verwundert an, als wären sie gerade von einer anderen Galaxie hereingekommen.

Die Schwester Corinna hat so vorsichtig geflüstert, als hätte sie Angst, der Luftzug ihrer Worte wirft ihn gleich wieder um:

»Herr Brenner?«

Der Hoffnungslose hat ganz langsam den Kopf weggedreht. Nicht weil er damit sagen wollte, dass er nicht der Herr Brenner ist, sondern eben: Lass mir noch ein bisschen Zeit, Schwester, nach drei Wochen Koma plappere ich jetzt nicht gleich durch die Gegend.

»Herr Brenner?«, hat die Schwester Corinna jetzt ein bisschen lauter gesagt.

Und dann schon fast mit ihrer normalen Lautstärke, sprich Tote aufwecken: »Herr Brenner? Hören Sie mich?«

Weil die Schwester Corinna hat geglaubt, sie kann es erzwingen, und wenn er schon aufwacht, muss er auch was sagen.

Aber nichts da, der Brenner hat sich von der erhöhten Lautstärke überhaupt nicht beeindrucken lassen und wieder nur so langsam den Kopf geschüttelt, als hätte er mit der Erdkugel gewettet, und wer weniger als eine Umdrehung pro Tag schafft, hat gewonnen.

»Herr Brenner?«

Aber drei Tage hat sie dann schon noch warten müssen, bis der Brenner zum ersten Mal den Mund aufgemacht und ganz schwach und leise geflüstert hat:

»Lustig samma, Puntigamer!«

# 2

Und Recht hat er gehabt, dass er noch ein bisschen gewartet hat mit dem Reden. Weil mit dem Reden haben dann die Probleme für ihn erst richtig angefangen. Beim Aufwachen hat er im ersten Moment noch geglaubt, er ist in den Himmel gekommen, so eine starke Ähnlichkeit hat der Putzmann mit dem Jimi Hendrix gehabt. Und jetzt diese elendige Streiterei zwischen den beiden Kapazitäten.

Den Brenner hat es wahnsinnig belastet, wie er bemerkt hat, dass der Chirurg und der Psychiater sich derart um ihn streiten. Und da sieht man wieder einmal die gesunde Konstitution vom Brenner. Dass er das in seinem Zustand überlebt hat. Weil das war ein emotionaler Stress, Kugel nichts dagegen.

Ich glaube, manchmal hat es dem Professor Hofstätter schon fast Leid getan, dass er dem Brenner die Kugel so schön herausgefischt hat. Im Grunde hat ihm der Erfolg mit dem Brenner mehr Ärger als Freude bereitet. Ist ja überhaupt ein bisschen verhext, dass die Freude über einen Erfolg nie lange anhält. Einen Ärger kann man schön aufbewahren, der unterhält einen bis ans Lebensende, ja was glaubst du, aber Erfolg schnell beim Teufel. Und den Professor Hofstätter hat es eben wahnsinnig gewurmt, dass die Leute von einem Wunder gesprochen haben.

Sogar der *GratisGrazer* hat in der Überschrift groß

»Wunder« gehabt und erst im Kleingedruckten »chirurgische Meisterleistung«. Und nur das langweilige Passfoto von ihm, nicht mit dem schwarzen Porsche, wie er gehofft hätte. Obwohl ich ehrlich sagen muss, da war der Professor Hofstätter vielleicht auch ein bisschen zu ehrgeizig. Sicher, er hat alles tadellos gemacht, da gibt es gar nichts. Aber trotzdem steht dir ein Hoffnungsloser nicht mehr auf, chirurgische Meisterleistung hin oder her. Ohne Wunder geht da gar nichts.

Im Grunde brauchst du sogar zwei Dinge zusätzlich zur chirurgischen Leistung. Erstens das Wunder, und zweitens, und damit wären wir schon ein bisschen beim Psychiater. Beim Dr. Bonati. Weil wenn ich sage, der Chirurg hat sich über den Brenner gefreut, dann muss ich natürlich auch sagen, der Dr. Bonati hat sich fast noch mehr über den Brenner gefreut.

Weil so ein schönes Beispiel, dass ein Selbstmörder hinterher alles abstreitet und behauptet, er hat es gar nicht selber getan, hat der Dr. Bonati überhaupt noch nie erlebt. Als Psychiater bist du natürlich eine gewisse Sturheit gewohnt, da ist noch der größte Esel stolz auf sein Unglück und will partout keinen Schritt zur Seite gehen, zu der Stelle, wo sein ganzes Glück auf ihn wartet wie bestellt und nicht abgeholt. Und trotzdem, so ein Sturschädel wie der Brenner ist dem Dr. Bonati in fünfzehn Jahren noch nicht untergekommen. Das musst du dir einmal vorstellen, schießt sich einer mit der eigenen Walther ein Loch in den Kopf, Testament und alles am Tisch, und hinterher behauptet er, ich war es nicht, die Grazer Kripo will mich beseitigen.

Du wirst sagen, warum hat er nicht mit seiner Glock geschossen, die er sonst verwendet hat, sondern mit dem uralten Walther-Verbau, den er seit den Polizeischultagen auf dem Dachboden im Puntigamer Großelternhaus versteckt hat. Und siehst du, das hat den Dr. Bonati nur umso sicherer gemacht, weil sentimentaler Waffengebrauch, und nicht die moderne Glock, sondern die verbaute Walther aus der Polizeischule, quasi Waffe der Kindheit.

Die ganze Diskussion natürlich erst ein paar Wochen, nachdem der Brenner aufgewacht ist. Erst wie der Brenner dann langsam mit dem Sprechen angefangen hat, quasi ganze Sätze. Und ganze Sätze immer gefährlich. Der Dr. Bonati hat seinen interessantesten Patienten bearbeitet, da war der Brenner richtig froh, dass er am linken Ohr noch nichts gehört hat.

Weil links hineingeschossen, das war ja sein bestes Argument gegen den Dr. Bonati, links schießt man sich nicht hinein als Rechtshänder. Aber der Dr. Bonati auch gutes Argument, pass auf: links hinein wegen der Migräne. Weil du darfst eines nicht vergessen. Mit der chirurgischen Meisterleistung ist es nicht getan, und mit dem Wunder allein ist es auch noch nicht getan, wenn du dir eine Kugel in den Kopf schießt. Du brauchst auch die Migräne, damit du aus alter Feindschaft falsch ansetzt.

Mit dem Wunder und mit der Migräne zusammen ist der Brenner noch einmal aufgewacht. Aber dann natürlich. Sitzen, stehen, gehen, hören, sprechen. Da hilft dir das Wunder nichts, da hilft dir die Migräne nichts, das musst du selber lernen. Sprich Training. Wochen und Monate kämpfst du da um jeden Zentimeter und um jeden Buchstaben. Wenn du Glück hast. Und wenn du Pech hast, Jahre, und du kannst immer noch nicht richtig gehen und sprechen.

Vom Sehen rede ich gar nicht. Weil natürlich, der Sehnerv. Der mag es gar nicht, wenn du ihm mit einer Kugel kommst. Gott sei Dank der Sehnerv vom Brenner nicht ganz kaputt, nur beleidigt, sprich, der Brenner hat zwar mit dem linken Aug einen etwas rötlichen und mit dem rechten Aug einen mehr grünlichen Dr. Bonati gesehen, aber eben doch eindeutig den Dr. Bonati. Und er war froh, dass er mit den Augen unterschiedliche Farben gesehen hat. Weil gute Ablenkung, die ganze Zeit heimlich vergleichen, links ein mehr rötlicher Psychiater, rechts ein eher grünlicher Psychiater, quasi Meditation. Rechts war der Psychiater grün vor Ehrgeiz, ist dem Brenner vorgekommen, links rot vor Wut auf den Brenner, weil der immer noch behauptet hat: »Die Kripo wollte mich beseitigen. Der Kripochef wollte nicht, dass ich nach Graz zurückkomme.«

Der Psychiater hat nur ungläubig den Kopf geschüttelt, bis der Brenner wild geworden ist.

»Glauben Sie, ich bin so blöd?«

Ich muss auch sagen, gutes Argument. Schließlich weiß heute jedes Kind, wie man sich korrekt umbringt, da wird dir schon im Kindergarten haarklein erklärt, wie die Tante sich die Überdosis in jahrelanger Kleinarbeit zusammengespart hat, die lernen schon im Kinderfernsehen, unbedingt in den Mund schießen, am besten vorher noch einen guten Schluck Wasser in den Mund nehmen, Mineralwasser oder Leitungswasser, das ist Geschmackssache, kann auch ein Fruchtsaft sein, Hauptsache ein Schluck Flüssigkeit, damit dir der Druck schön den Schädel zerreißt, aber ja nicht seitlich, sonst wirst du womöglich blind davon, weil der Sehnerv. Und darum sage ich, gutes Argument vom Brenner. Weil nach fünfundzwanzig Jahren im Polizei- und Detektivdienst kann man ein Mindestwissen in punkto Selbstmord in Anspruch nehmen, und so einer weiß einfach, wo er hineinschießen muss.

Und was sagt der Psychiater? Mit einem kalten Lächeln?

»Jaja, das lässt sich schon erklären, Herr Brenner.«

»Lässt sich schon erklären, Herr Brenner«, hat der Brenner wiederholt. Von der Logopädin war er es so gewohnt, dass er immer das Vorgesprochene nachsprechen muss, jetzt hat er einerseits vor lauter Wut den Psychiater nachgeäfft, andererseits vor lauter Verzweiflung die Situation ein bisschen verwechselt und wie bei der Logopädin das Gesagte wiederholt. Weil er hat jetzt schon gewusst, womit der Dr. Bonati wieder daherkommen wird. Da hätte man glauben können, der Brenner ist der Logopäde und der Dr. Bonati muss reden üben, mit so einer Beharrlichkeit hat der immer wieder dasselbe Argument wiederholt.

»Die Migräne, Herr Brenner«, hat der Dr. Bonati gesagt.

»Die Migräne, Herr Brenner«, hat der Brenner wiederholt.

Am meisten hat ihn geärgert, dass er dem Dr. Bonati das mit der Migräne überhaupt erzählt hat. Weil das hat sich der Brenner in den ersten Gesprächen herauslocken lassen, wo es am Anfang heißt, bitte die tausend Zettel schön ausfüllen, Herr Selbstmordkandidat, und welche Medikamente nehmen Sie regelmäßig. Da hat er nicht lange herumgeredet und angegeben, dass eben die eine oder andere Kopfwehtablettenfirma ohne ihn schon längst in Konkurs gegangen wäre. Der Brenner hat geglaubt, er muss es sagen, damit sie ihm nicht die falschen Medikamente geben, weil das muss heute alles schön aufeinander abgestimmt sein, ja was glaubst du. Ist in deinem eigenen Interesse, vor allem, wenn du willst, dass dein Sehnerv die Welt vielleicht doch noch einmal ein bisschen gleichmäßiger einfärbt.

Links ein rötlicher Dr. Bonati, rechts ein grünlicher Dr. Bonati. Seine Gesichtsfarbe ist hin- und hergehüpft wie die reinste Ampel. Und wenn du das immer wieder probierst, fallen dir natürlich die anderen Sachen auch auf. Die Ohrläppchen vom Dr. Bonati angewachsen, sprich schlechter Charakter, keine einzige Querfalte auf der Stirn, aber drei Steilfalten, sprich Hintergedanken, und die Augenbrauen zusammengewachsen, sprich Alarmstufe rot.

Weil das ist in den Polizeischulbüchern noch so drinnen gestanden. Die Merkmale. Die Verbrechervisagen. Inzwischen natürlich nicht mehr, da sagt man ganz modern, man kann den Charakter nicht an den Ohrläppchen ablesen, und der Brenner hat das schon damals in der Polizeischule nicht geglaubt. Aber interessant, auf seine alten Tage sieht er, dass es doch stimmt, weil das Gesicht vom Dr. Bonati ist ihm beim Augenvergleich jedes Mal noch unsympathischer geworden, zuerst rot unsympathischer als grün, dann wieder grün noch unsympathischer als rot, dann wieder rot noch einmal unsympathischer als grün, und ewig so abwärts.

Schuld daran war natürlich nicht das Gesicht, sondern die Sachen, die der Psychiater gesagt hat. Weil alles, was dem Brenner am Anfang herausgerutscht ist, hat der Psychiater jetzt wieder ausgegraben und gegen ihn verwendet. Sprich, der Brenner hat sich seitlich genau da hineingeschossen, wo die Migräne ihn ein Leben lang gequält hat.

Ich kann die Verbitterung vom Brenner über diese Unterstellung schon verstehen, Selbstmordversuch, das schaut nicht gut aus im Lebenslauf. Und du darfst den Neid der Leute nicht vergessen, weil Selbstmordneid Volkssport Nummer eins. Da kann ich schon verstehen, dass der Brenner sich das nicht anhängen lassen wollte. Aber ehrlich gesagt. Ganz an den Haaren herbeigezogen war das mit der Migräne natürlich nicht.

Du musst wissen, der Mensch hat diese Ader in der Schläfe, und wenn du Pech hast, erwischst du schon ganz am Anfang bei der Adernverteilung ein schlechtes Exemplar, so wie es früher bei den Autos immer die Montagsautos gegeben hat, weil die Arbeiter am Montag nicht ausgeschlafen, jetzt haben sie das Auto nicht so schön zusammengeschraubt, und wieso soll das bei Adern anders sein, sprich Montagsader, und die funktioniert dann dein Leben lang nie richtig. Pass auf, so eine Montagsader führt manchmal einen Tanz auf, und dieser Tanz ist sehr einfach, Ausdehnen, Zusammenziehen, Ausdehnen, Zusammenziehen. Ist kein besonders schöner Tanz, hat aber einen schönen Namen:

»Migräne«, hat der Dr. Bonati zum hundertsten Mal gesagt. Weil natürlich schon interessant, dass der Schusskanal vom Brenner genau diese Ader gestreift hat.

Der Brenner hat sich an die Stirn getippt, dorthin, wo er immer noch den Verband gehabt hat, aber gemeint hat er natürlich nicht den Verband und auch nicht das Einschussloch darunter, sondern den Vogel vom Psychiater.

»Das ist Ihr Problem«, hat der Brenner gesagt.

Ich glaube, nicht einmal, wenn er ein Ohrläppchen gehabt hätte, hätte der Psychiater damit gewackelt, aber so sind seine Verbrecherohren natürlich vollkommen ruhig geblieben, quasi: Solche Antworten kenne ich schon von meinen Suizid-Pappenheimern.

»Es ist keine Seltenheit, dass die Art des Suizids entsprechend einem chronischen Leiden gewählt wird, Herr Brenner.«

»Wenn ich mich umbringen will, dann weiß ich, wo ich hinschießen muss«, hat der Brenner ebenfalls zum hundertsten Mal gesagt, weil er hat gehofft, irgendwann geht es beim Dr. Bonati vielleicht doch hinein in den Schädel.

»In Ihrem Abschiedsbrief haben Sie die Migräne, die Sie seit Ihrer Heimkehr nach Graz plagte, ja auch eigens erwähnt.«

Der Brenner hat dem Psychiater auf die Stelle an seiner Verbrecherstirn gestarrt, wo er ihm gern einen Schusskanal gemacht hätte. Aber es hat nichts genützt, nicht einmal die besten asiatischen Mönche bringen mit Blicken einen Schusskanal zusammen, und der Brenner schon gar nicht. Und seine alte Walther, mit der er sich angeblich selber hineingeschossen hat, war ja gut verwahrt, angeblich, damit er es nicht noch einmal tut. Und das Operationsmesser, das er aus Angst vor der Grazer Kripo schon ein paar Tage nach dem Erwachen gestohlen hat, ist gut versteckt in seinem Zimmer gelegen. Jetzt was macht man, wenn man seine Walther und sein Operationsmesser nicht dabei hat, und ein anderer lügt etwas von einem Abschiedsbrief daher?

Nichts. Das ist die wichtigste Lehre, die uns das Leben gibt. Ohne Pistole, ohne Messer kannst du die meisten Situationen nicht zu deinen Gunsten verändern. Und da verfallen ja viele in der Verzweiflung auf die Idee, dass sie es in so einer Situation mit Worten versuchen. Das ist der größte Fehler, den du machen kannst. Weil von den Polizeiverhören hat der Brenner ganz genau gewusst, dass es für den Verdächtigen immer besser ist, wenn er nichts sagt. Kein Wort. Und wenn du als Verdächtiger noch so eine gute Antwort hast. Du musst sie für dich behalten. Weil altes Gaunersprichwort: Wer redet, bleibt. Wer schweigt, geht.

»Was ist mit Ihnen?«, hat der Dr. Bonati langsam die Geduld verloren.

Aber der Brenner kein Wort. Wer redet, bleibt. Wer schweigt, geht.

Einmal hat ihn ein Mordverdächtiger mit seinem tagelangen Schweigen sogar so gereizt, dass ihm die Zigarette ausgekommen ist. Ich möchte betonen, ein einziges Mal in neunzehn Jahren, da gibt es weitaus Schlimmere, aber trotzdem, so etwas ist keine schöne Erinnerung. Und auch wenn das jetzt schon dreimal verjährt war, es war dem Brenner immer noch zuwider, dass er das damals getan hat. Noch dazu, wo sich dann herausgestellt hat, dass der gar nicht der Mörder war, aber so ein Pech musst du einmal haben, weil zufällig dieselbe Haarfarbe wie der Mörder. Eines muss ich schon sagen, da kriegst du ein paar Erinnerungen zusammen, wenn du zu lange in diesem Beruf gearbeitet hast. Und seit er in seine Heimatstadt zurück ist, hat es ihm alle möglichen, längst vergessenen Erinnerungen wieder heraufgespült. Im Grunde wäre da ein Abschiedsbrief nicht so unverständlich, quasi Abschied von diesen Erinnerungen, deshalb darf man dem Dr. Bonati nicht böse sein, dass der das so gesehen hat.

»Ihr Mieter hat den Schuss gehört, ist zu Ihnen hinuntergerannt und hat Sie mit der Waffe in der Hand gefunden. Und wenn der nicht so geistesgegenwärtig gewesen wäre, dass er Sie einfach die zweihundert Meter zu uns herübergeliefert hat statt in das UKH, wo Sie eigentlich hingehört hätten, wären Sie bestimmt nicht mehr aufgewacht.«

»Das ist nicht mein Mieter.«

Das war natürlich schon sein erster Fehler. Natürlich war es in dem Sinn nicht sein Mieter, weil der hat das Mansardenzimmer ja schon bewohnt, wie der Brenner ein Kind war, und immer so still, dass die Großmutter ihn »Hausgeist« genannt hat. Der Fehler war, dass der Brenner überhaupt geantwortet hat. Weil jetzt hat er auch noch gesagt: »Waffe in der Hand ist ein Hinweis, dass es kein Selbstmord war.«

Im selben Moment hat er sich schon geärgert, dass er dem Dr. Bonati doch noch auf den Leim gegangen ist und geantwortet hat. Geredet, nicht geschwiegen. Das ist überhaupt eine hochinteressante Sache, dass die Menschen sich oft gerade dann verraten, wenn sie recht gescheit sein wollen. Und statt zu schweigen, hat der Brenner jetzt seine Gescheitheit nicht für sich behalten können. Pass auf, ist auch wirklich eine interessante Sache, die nicht jeder weiß: Durch den Rückstoß schleudert es dem Selbstmörder die Pistole normalerweise aus der Hand. Kommt nur ganz selten vor, dass die Finger sich so verkrampfen, dass die Waffe in der Hand des Toten bleibt.

»Die haben mir die Pistole in die Hand gedrückt.«

»Jaja«, hat der Psychiater zufrieden gelächelt. »Lassen wir es für heute dabei bewenden. Morgen reden wir noch einmal über Ihr Testament.«

»Ich rede überhaupt nichts mehr«, hat der Brenner gesagt. Aber er hat gewusst, jetzt ist es zu spät für trotzige Antworten. Vorher hätte er schweigen sollen statt gescheit daherreden, und nicht jetzt sagen, ich sage nichts mehr. So ist das Sprichwort nicht gemeint. Weil das Sprichwort ganz eindeutig: Wer redet, bleibt. Wer schweigt, geht.

Obwohl. Gegangen ist der Brenner ja schon. Nur. Wohin gegangen? Weil es gibt ein Gehen, das ist schlimmer als das schlimmste Bleiben.

# 3

Am Anfang war natürlich von Gehen sowieso keine Rede. Weil du wachst nicht aus dem Koma auf und spazierst gleich über den Krankenhausgang. Und das war vielleicht überhaupt seine größte Leistung, da kann man jetzt einmal das ganze Mörder-Finden beiseite lassen und dass wir ohne den Brenner heute unter den Grazer Spitzenbürgern einen unentdeckten Mörder sitzen hätten, das hat er bestimmt auch gut gemacht, und vielleicht wäre Graz ohne den Brenner heute schon ein Chicago, ein Moskau, aber ich sage trotzdem, größte Leistung, dass er noch einmal aus dem Rollstuhl herausgekommen ist und das Gehen wieder gelernt hat.

Jeden Tag einen kleinen Schritt, anders funktioniert das nicht. Zuerst nur im Zimmer, dann sogar ein bisschen Krankenhausgang, und das Gangfenster ist noch ein Traum in weiter Ferne, verlockend, leuchtend, frage nicht, aber unerreichbar. Du kämpfst dich am ersten Gangbett vorbei, am zweiten Gangbett vorbei, du kämpfst dich am Schwesternzimmer vorbei, du kämpfst dich am dritten Gangbett vorbei, am Besuchertischchen vorbei, du kämpfst und kämpfst, und irgendwann bist du beim Gangfenster hinten, am siebzehnten Tag, wenn du es genau wissen willst.

Das ist natürlich ein Triumph, wie ihn ein Gesunder gar nicht kennt. Dann zwei Stunden ausschnaufen und beim

Gangfenster hinausschauen, und zurück muss dich die Krankenschwester halb bewusstlos im Rollstuhl bringen, aber irgendwann schaffst du auch den Rückweg, beim Brenner war das am sechsundzwanzigsten Tag nach dem Aufwachen, weil er hat mitgezählt, und wie ihn die Schwester Vanessa zum ersten Mal am Arm bis zum Schwesternzimmer geschleppt hat, war es genau der zehnte Tag, und sechzehn Tage später ist er ohne die Schwester bis zum Gangfenster und allein wieder zurück, siehst du, sechsundzwanzig Tage, das stimmt genau, kein Wunder, weil Zeit zum Nachzählen hat er genug gehabt.

Du wirst sagen, wenn einer am Neujahrstag aufwacht, kann er notfalls auch auf dem Kalender nachschauen. Aber die Ärzte haben gesagt, in jedem Fall ein gutes Gehirntraining, egal ob er regulär mitzählt oder ein bisschen mit dem Kalender schwindelt. Und das stimmt auch, für das Gehirn war es gut. Aber für den Brenner war es nicht gut. Weil die Ärzte haben ja nicht wissen können, welche Gespenster zusammen mit dem Gehirn und zusammen mit den normalen Erinnerungen wieder aufwachen.

Heute glauben ja die Leute, es gibt keine Gespenster, aber das stimmt nicht, es gibt Gespenster. Das hat man jetzt am Brenner so gut gesehen, wie sie langsam wieder dahergekommen sind.

Zuerst einmal nur die alten Erinnerungen, Name, Geburtsjahr, Kindheit in Puntigam, Polizeischule in Graz. Aber mit der Zeit ist es immer weiter heraufgegangen, erste Polizeijahre, dann Kripo, immer weiter herauf ist die Erinnerung gekommen, dann sogar die Detektivjahre, und bis in den vergangenen Herbst, wo er auf seine alten Tage wieder nach Puntigam zurückgekommen ist. Weil der Pächter ist aus der Schreinerwerkstatt von seinem Großvater hinausgestorben, jetzt war das Haus bis auf das eine Mansardenzimmer leer, da hat er sich kümmern müssen, und dann hat er sich gedacht, warum nicht gleich zurück.

Das ist ihm alles nach und nach wieder eingefallen. Immer am Krankenhausgang, beim Gehen-Üben, nie beim Dr. Bonati in der Psychiaterstunde. Wenn du dich auf die Schritte konzentrierst, da kommen dir die meisten Erinnerungen, das ist sehr interessant. Wenn du dich rein auf das Körperliche konzentrierst, auf das Gehen, auf das Schnaufen, auf das Abstützen am Fensterbrett, dann kommt das Geistige beim Gangfenster lawinenweise herein. Nur die letzten drei Tage vor dem Koma sind am Fensterglas abgeprallt. Dass es sowas gibt, die sind einfach nicht hereingekommen, die waren so sauber weggeputzt, Fensterputzreklame nichts dagegen. Als hätte er sie nie erlebt. Von früher ist ihm alles Mögliche eingefallen, sogar Sachen, die er vor der Hirnverletzung nicht mehr gewusst hat. Aber die letzten drei Tage nichts.

Jetzt musst du eines wissen. Das mit dem Krankenbesuch. Es gibt in den Spitälern immer einen großen Prestigekampf unter den Sterbenden, wer kriegt den meisten Besuch. Und wer kriegt vielleicht sogar außerhalb der regulären Besuchszeit einen Besuch, sprich wichtige Patienten mit wichtigem Besuch, und wer kriegt gar nie einen Besuch, sprich der Brenner.

Jetzt natürlich umso auffälliger, dass er nach ein paar Wochen auf einmal Besuch kriegt. Während der Besuchszeit hat er sich immer ganz gern zum Gangfenster gestellt und hinausgeschaut, weil da war immer etwas Interessantes zu sehen, Krankenschwestern und, und, und. Da sind ihm viele Kindheitssachen eingefallen, wenn er so hinausgeschaut hat in das Grazer Winterwetter, wo schon seine Großmutter immer gesagt hat, kein richtiges Wetter, sondern immer ein bisschen ding. Ja siehst du, das ist ihm jetzt auch wieder eingefallen. Von früher tausend Sachen eingefallen, erster Schultag, erstes Sparbuch, erste Zigarette, erste Jimi-Hendrix-Platte, erste Liebe, erster Vollrausch, erste Pistole, erste Uniform, erster Vollrausch in Uniform, erster Sex in Uniform, erste Handschellen, erste Leiche, weil erste Eindrücke einfach immer am lebendigsten.

Es hat ihm gefallen, wie da jeden Tag mehr beim Fenster hereingekommen ist. Außerdem ist er so auch den Besuchern von den anderen Patienten ausgekommen, weil die haben immer so mit diesem Blick geschaut: Kriegt der denn gar nie einen Besuch.

Aber das hätten die sich auch nicht träumen lassen. Dass der Brenner eines Tages Besuch durch das Gangfenster im dritten Stock kriegt. Und noch dazu durch das geschlossene Fenster. Und noch dazu eine halbe Stunde nach Ende der Besuchszeit.

Pass auf. Der Besuch ist so wirklich vor dem Brenner gestanden, den hätte er abwatschen können, und es hätte wirklich geklatscht. Das ist ja nicht wie eine normale Erinnerung, wenn sich so ein beschädigtes Gehirn erholt und auf einmal ist der vergessene Tag wieder da, sondern das war eine materielle Anwesenheit von seinem Besuch, da hat der Brenner jetzt aufpassen müssen, dass er sich nicht zur Wiedergutmachung selber auflöst, damit die Realität schön im Gleichgewicht bleibt.

Und nach einer Sekunde war der Besuch wieder weg. Du wirst sagen, das klingt nach Einbildung. Weil Besuch meistens zu lange, sprich länger als eine Sekunde. Und ich muss auch sagen, Besuch, der nur eine Sekunde bleibt, das wäre Besuch aus einer besseren Welt. Nach meinem Geschmack übertreibt der es sogar ein bisschen mit den Manieren, weil wenn es nach mir geht, darf ein Besuch ohne weiteres einmal zwei, drei Sekunden bleiben, bevor ich ungeduldig werde.

Und trotzdem war es keine Einbildung. Du musst wissen, der Besuch ist ja nicht spurlos verschwunden. Der Besuch hat ihm etwas Schönes zurückgelassen. Jetzt was hat er zurückgelassen? Pass auf, seinen Namen. Köck. Am liebsten hätte der Brenner sich den Namen aufgeschrieben, damit er nicht gleich wieder weg ist. Der Köck. Aber natürlich, schreiben ist noch nicht gegangen, weil das Feinmotorische. Da muss ihm der Schusskanal irgendein kleines Fädchen im Hirn irritiert haben, vielleicht nur ein winziges Flinserl, jetzt war das Feinmotorische beim Teufel. Da müssen wir noch viel üben, hat die Schwester Vanessa immer gesagt.

Jetzt ist dem Brenner nichts anderes übrig geblieben als schauen, dass er sich den Namen auch ohne Aufschreiben merken kann. Merken, hat der Brenner sich selber motiviert, und ihm ist aufgefallen, dass er am ganzen Körper eine Gänsehaut bekommen hat. Gänsehaut hat wieder funktioniert, obwohl das gar keine grobe Sache ist, sondern eine feine, so eine hauchdünne Geisterhand, die dir da über den Rücken fährt, wenn zum Beispiel eine Schwester dich am Arm berührt, oder ein Gespenst aus der Vergangenheit besucht dich. Merken, hat der Brenner sich eingehämmert. Köck. Nicht vergessen.

Jetzt was war ihm da so wichtig? Du musst wissen, es hat damit zu tun gehabt, wo der Brenner am Tag vor dem Mordversuch der Grazer Kripo gewesen ist. Beim Köck. Zuerst einmal nur das Gesicht, dann gleich der Name. Und irgendwo ganz hinten in seinem Hirn sogar die Geschichte. Der Brenner muss in der Dunkelheit ein bisschen versunken sein, weil auf einmal hat ihn die Schwester Vanessa, die er vor einer Sekunde noch unten am Parkplatz gesehen hat, von hinten am Arm berührt.

»Jetzt stehen wir immer noch da!«, hat sie gesagt. Weil vor ihrer Pause ist der Brenner ja auch schon da gestanden und hat hinausgestarrt und sich gewundert, dass in Graz nie ein richtiges Wetter ist. Immer ein bisschen ding.

»Wir dürfen uns nicht überanstrengen«, hat sie besorgt gesagt, als wäre der Brenner weiß Gott was für ein Altersheiminsasse. Aber sie hat natürlich nicht wissen können, warum er einen derartigen Schweißausbruch und eine derartige Gänsehaut hat. Und sie hat auch nicht wissen können, wie ihn ihre ewige Wir-Sagerei genervt hat.

Aber siehst du, man soll die Wir-Sagerei nie zu früh verurteilen. Weil jetzt hat der Brenner das »Wir« auf einmal wieder gut brauchen können, und er hat sich gedacht, ich erzähle es ihr, und falls ich es vergesse, kann ich sie nachher fragen, quasi Leih-Hirn.

»Mir ist gerade eingefallen, wo ich am letzten Tag vor meinem Unfall war.«

Weil als Kompromiss hat er jetzt immer Unfall gesagt, schön in der Mitte zwischen der Krankenhaus-Sicht und seiner Sicht.

»Ja, sehr gut!«, hat die Schwester gesagt, natürlich vollkommen uninteressiert daran, was es genau war, woran der Brenner sich erinnert hat.

Jetzt hat der Brenner sie am Arm gepackt und gesagt: »Beim Köck war ich.«

»Ja, sehr gut! Beim Köck waren wir! Sehr gut!«

»Bei meinem Schulfreund Köck.«

»Ach, beim Schulfreund«, hat die Schwester gesagt. »Sehr gut!«

Dann hat der Brenner sie gehen lassen. Er hat sich bei

dem Gedanken ertappt, ob sie zum Professor Hofstätter auch immer »sehr gut« sagt, aber dann Erfolgserlebnis für den Brenner, weil nach diesem Gedanken hat er es immer noch gewusst. Beim Köck war er. Beim Köck.

Jetzt natürlich große Frage, was hat den Brenner dazu getrieben, dass er nach dreißig Jahren auf einmal beim Köck vorbeigeschaut hat? Weil der Brenner hat den Köck nicht nur eine Sekunde lang besucht. Sondern stundenlang, sprich viel zu lange besucht. Wenn er früher heimgegangen wäre, hätte der Kripochef vielleicht nicht schon im Haus auf ihn gewartet und ihm mitten in der alten Küche seiner Großmutter eine Kugel in den Kopf geschossen. Wenn er früher auf sein Moped gestiegen und heimgefahren wäre, hätte er beim Köck gar nicht wieder mit der alten Geschichte angefangen. Du musst wissen, hinter der Werkstatt von seinem Großvater hat er gleich am ersten Tag in Puntigam sein altes Moped wiedergefunden, und nach zwei Tagen hat er es so weit gehabt, dass es wieder angesprungen ist. Und gegangen wie in alten Zeiten.

Du darfst eines nicht vergessen. Bei so einer Rückkehr in die Heimatstadt, sprich Graz, sprich Puntigam, kommst du leicht in eine blöde Stimmung hinein, quasi Jugendtage, Freunde, Liebe, Moped und, und, und. Das war es ja, wo der Dr. Bonati immer so gute Argumente gehabt hat, sprich, der Brenner ist in die Stimmung hineingekommen, zu viel nachgedacht, und zu viel Nachdenken immer schlecht, dann Erkenntnis, früher jung, jetzt alt, und da erschieß ich mich lieber.

Ich muss ehrlich zugeben, ich als Dr. Bonati hätte es wahrscheinlich auch so gesehen. Und wenn der Brenner nicht selber dabei gewesen wäre, hätte er es wahrscheinlich auch so gesehen.

Dem Dr. Bonati erzähle ich nichts vom Köck, hat der Brenner sich vorgenommen. Der erfährt garantiert nichts davon, dass der Köck mich besucht hat. Und er hat sich gefreut, dass ihm der Name schon wieder eingefallen ist, Köck, Captain Köck haben sie den in der Polizeischule genannt. Ja richtig, nicht Schulfreund aus der Kindheit, Polizeischulfreund war der Köck. Spitzname Captain, weil Familienname Köck, und da hat sich das aus der Fernsehserie ergeben, wo der Captain Kirk immer schön mit dem Raumschiff unterwegs war, und irgendeiner hat einmal rein zum Spaß zum Köck »Captain Köck« gesagt, und der Köck ist das dann nie wieder losgeworden. Das war genauso, wie zum Irrsiegler alle Saarinen gesagt haben, weil der immer so von dem finnischen Motorradweltmeister Saarinen geschwärmt hat. Und Ironie des Schicksals, dass sein Polizeischulfreund dann sogar noch drei Monate vor dem richtigen Saarinen mit dem Motorrad tödlich verunglückt ist.

Ja, die alten Erinnerungen, die waren für den Brenner einfach. Der Abend vor dem Mordversuch immer noch sehr weit weg. Aber er hat es jetzt wissen wollen. Wenn mir der Köck wieder einfällt, wenn mir der Kripochef in meiner Küche wieder einfällt, wenn mir das Moped wieder einfällt, muss das andere auch irgendwo stecken.

Jetzt, wo er sich wieder an seinen Besuch beim Köck erinnert hat, ist es dem Brenner ganz komisch vorgekommen, dass das in seinem Hirn wochenlang vollkommen weg war. Wo ist so eine Erinnerung, während sie weg ist? Der Captain Köck ist in den Komawochen aus dem Hirn vom Brenner hinausgesegelt, weiß der Teufel, wo der da unterwegs war, und wie der Brenner schon tage- und wochenlang wieder wach war, schon bis zum Gangfenster gegangen ist, hat der Captain Köck sich immer noch nicht in seinem Hirn blicken lassen, der ist die ganze Zeit irgendwo in den schönsten Galaxien herumgesegelt, Milchstraße hinauf und hinunter, ja was glaubst du, und auf einmal ist der Captain Köck wieder da, kommt im dritten Stock durch das geschlossene Gangfenster herein und landet vollkommen lautlos mitten im Hirn vom Brenner und tut so, als wäre er die ganze Zeit nicht weit weg gewesen.

Und jetzt die anderen Erinnerungen. Ihm ist der Schweiß in Bächen heruntergelaufen, so hat sein Hirn auf einmal gearbeitet. Wo man schon sagen muss, ganz zufällig kann das nicht sein, dass gleichzeitig auf seiner Station alle Computer zusammengebrochen sind.

Ihm ist wieder eingefallen, wie er sich überlegt hat, die alte Truppe aus der Polizeischule, der Brigadier Aschenbrenner, der Captain Köck, wieso schau ich nicht einmal bei denen vorbei. Gut, der Brigadier Aschenbrenner, da hat er gewusst, der ist Chef von der Grazer Kripo, da ist er nicht wahnsinnig scharf drauf gewesen, dass er den noch einmal sieht in seinem Leben. Aber der Köck, der hat ihm im Grunde nie was in den Weg gelegt, und der Brenner hat gewusst, dass der auch schon lange nicht mehr bei der Polizei war.

Weil der war Hausmeister im Arnold-Schwarzenegger-Stadion. Das wissen die wenigsten Leute, aber so ein Fußballstadion braucht natürlich auch seinen Hausmeister, und das war eben der Köck, seit sie vor ein paar Jahren das neue Stadion eröffnet haben. Benannt nach dem berühmtesten Grazer, Hollywood und alles, und damit die Welt nicht vergisst, dass der aus der Nähe von Graz kommt, haben sie das Stadion nach ihm getauft. Der Brenner hat den Köck ein bisschen um seine Hausmeisterwohnung in dem silbern glänzenden Stadion beneidet, weil er hat ja seine BUWOG-

Wohnung verloren, wie er vor fast zehn Jahren bei der Polizei aufgehört hat. Seither hat er es zu keiner rechten Wohnung mehr gebracht, aber jetzt, wie die alte Werkstatt von seinem Großvater frei geworden ist, weil der Pächter gestorben ist, hat er sich gedacht, zweite Chance, Heimat und alles. Und da hat der Dr. Bonati eben gesagt: Heimat hast du nicht ausgehalten.

Köck, hat der Brenner sich jetzt gemahnt, wie er bemerkt hat, dass er schon wieder über sich nachdenkt statt über den Köck. Weil der Brenner war mit seinen Erinnerungen schon wieder weiß Gott wo, und er hat sich gefragt, ob der Schwarzenegger so eine schöne Karriere als Mr. Universum gemacht hätte, wenn nicht er ihm damals vor der Disco eine derartige aufgelegt hätte. Der Brenner drei Jahre jünger, aber mit dreizehn schon gut entwickelt, und das war bestimmt kein Zufall, dass der schmächtige Bursche auf einmal so fanatisch mit dem Muskeltraining angefangen hat, weil der wollte damals eben auch ein kleiner Brenner sein. Köck! An den Köck denken! Der Brenner war so streng mit sich, weil er gewusst hat, vom Köck hängt sein Leben ab. Und er hat immer noch Angst gehabt, dass ihm der Captain Köck wieder davonfliegt mitsamt seinem silbern glänzenden Arnold-Schwarzenegger-Raumschiff.

Er war dann froh, wie der Putzmann vorbeigekommen ist, weil dem hat er wieder ein paar Sachen erzählen können. Tomas hat der Putzmann geheißen, der Brenner hat sich gefreut, dass er den richtigen Namen noch gewusst hat, obwohl er ihn innerlich Jimi genannt hat, weil eine gewaltige Ähnlichkeit mit dem Jimi Hendrix, und der Brenner hat sich gut vorstellen können, dass er bei einem anderen gar nicht aufgewacht wäre.

»Was hab ich beim Aufwachen gesagt?«, hat er den Putzmann gefragt, obwohl der es ihm schon zehnmal erzählt hat, weil das war schon fast wie bei den Kindern, die immer wieder dieselbe Einschlafgeschichte hören wollen, und der Brenner eben immer wieder dieselbe Aufwachgeschichte von seinem Putzmann.

»Lustig samma, Puntigamer«, hat der Tomas gegrinst.

»Ich weiß jetzt, warum«, hat der Brenner gesagt.

»Weil du so einen pelzigen Geschmack auf der Zunge gehabt hast.«

Du siehst schon, eine gewisse gegenseitige Sympathie durch das gemeinsame Erlebnis. Und der Brenner hat ihm jetzt erzählt, dass er am Abend vor dem Unfall beim Köck im Stadion vorbeigeschaut hat. »Unfall« hat der Brenner wieder gesagt, schön zwischen Mord und dings. Er hat dem Tomas erzählt, dass sie miteinander im Arnold-Schwarzenegger ein paar Flaschen Puntigamer geleert haben, und sogar, dass der Köck beim Anstoßen mit der fünften oder sechsten Flasche nicht »Prost« gesagt, sondern den idiotischen Werbespruch nachgeplappert hat.

»Da hab ich dann die ganze Nacht die Melodie im Kopf gehabt«, hat der Brenner dem Putzmann erklärt.

»Das ist schädlicher als die Kugel«, hat der Tomas gegrinst.

Ganz Unrecht hat er damit bestimmt nicht gehabt. Weil die Melodie hat sich durch das wochenlange Koma hindurch im Hirn vom Brenner festgekrallt, quasi Ohrwurm, den der Chirurg nicht entfernt hat. Das war so ein Tick von seinem Unbewussten, das hat ihm öfter einmal über einen Ohrwurm einen guten Tipp gegeben. Meistens hat es nichts genützt, weil so einen Tipp musst du erst einmal verstehen. Aber dieses Mal hat die Melodie ihn schnurstracks zum Köck geführt.

»Kannst du mir telefonieren helfen?«, hat der Brenner den Tomas gefragt.

Er hat gewusst, er muss so schnell wie möglich den Köck im Arnold-Schwarzenegger-Stadion erreichen. Aber mit dem Telefonieren hat er sich noch schwerer getan als der angesoffene Köck, der sich eine Stunde nach Mitternacht dreimal verwählt hat, bevor er den Kripochef Aschenbrenner erreicht hat, aber der war nicht sehr begeistert von der Einladung auf eine Flasche Puntigamer. Selber zum Ohr hinhalten hat der Brenner jetzt schon gekonnt, aber selber wählen noch nicht. Das hat er erst üben müssen. Jetzt hat der Tomas für ihn die Nummer herausgesucht und gewählt.

»Bitte, heb ab!«, hat der Brenner das Telefon angeschrien.

Ich muss ehrlich sagen, so ungeduldig habe ich den Brenner gar nicht gekannt. Aber ein Koma verändert eben einen Menschen. Da geht der eine als herrischer Chef-Wichtigtuer in das Koma hinein, und heraus kommt er als die Geduld in Person. Und beim Brenner eben wieder umgekehrt. Der war sein Leben lang eher auf der geduldigen Seite, aber jetzt hat er es wissen wollen.

Geholfen hat ihm seine Ungeduld natürlich auch nichts, weil der Köck ist nicht ans Telefon gegangen. Der Tomas hat ihm in den nächsten Tagen immer wieder geholfen und für ihn gewählt. Aber keine Chance.

Inzwischen sind im Kopf vom Brenner die Erinnerungen erwacht, Explosion Hilfsausdruck. Weil ich sage immer, jeder Mensch ist ein kleines Universum, und besonders der Kopf, da ist pro Kopf immer ein kleines Universum drinnen, schon allein wenn du bedenkst, der Kopf ist bei den meisten Leuten rundlich, und das Universum auch rundlich, jetzt explodiert das Universum da ununterbrochen in die weite Welt hinaus, und wenn ein Kopf wieder anspringt, ebenfalls das Explodieren, ja was glaubst du.

Darum hat ihn ja auch die Broschüre so fasziniert, die er in seinem Spitalsnachtkästchen gefunden hat. *Unser Universum.* Über die Planeten. Weil da dürfte ein früherer Patient aus dem Bett hinausgestorben sein, und der hat sein Planeten-Büchlein nicht mitgenommen, also mehr so eine Broschüre ist das nur gewesen. Aber alles drinnen, das ganze Universum, hochinteressant, und der Brenner hat es immer wieder studiert. Aufbau der Erde, schön die Schichten eingezeichnet, Erdmantel, Erdkern, dann Abstand zur Sonne, dann die Sternbilder, alles. Vielleicht hat ihn die Broschüre auch deshalb so fasziniert, weil man darin so schön gesehen hat, dass die Erde keine richtige Kugel ist, sondern abgeflacht. Und die Kugel, die ihm der Professor Hofstätter herausoperiert hat, hat ja einen ganz ähnlichen Fehler gehabt.

Normalerweise ist eine Pistolenkugel natürlich rund. Aber die vier Walther-Pistolen, die der Köck damals in der Polizeischule organisiert hat, waren so fürchterlich verbaut, dass sie die Kugeln beschädigt haben. Darum haben sie die vier Exemplare ja damals bei der Grazer Polizei ausgemustert, und unter der Hand hat der Köck sie günstig gekauft, für einen Polizeischüler erste eigene Waffe natürlich etwas Besonderes, Verbau hin oder her.

Eine hat er dem Brenner weiterverkauft, eine dem Brigadier Aschenbrenner, also heute Brigadier, damals natürlich noch nicht, damals Polizeischüler. Eine dem Saarinen, der hat damals noch gelebt. Und eine hat der Köck sich selber behalten. Und die Idee hat er ihnen auch verkauft, weil der Köck immer viele Ideen, und mit den vier Walther-Pistolen sind sie dann eben in die Puntigamer Filiale der Raiffeisenkasse hineinspaziert, das war mehr so ein Bubenstreich unter Polizeischülern, und auf der Flucht haben sie die 67 000 Schilling gleich wieder verloren, und der Saarinen sogar sein Leben, weil die Ampel. In der Rudersdorfer Straße. Direkt an die Ampel.

Darüber hat er natürlich mit dem Köck geredet. Aber wie der Brenner dann um vier Uhr früh vom Stadion heimgekommen ist, hat es ihm schon wieder Leid getan, dass er überhaupt ein Wort über die alte Geschichte verloren hat. Natürlich nagt so etwas an einem, der Saarinen mit dem Motorrad tödlich verunglückt, der Aschenbrenner heute Kripochef von Graz, da hat er nicht gewusst, was ihm mehr weh tut. Trotzdem hätte er es sich sparen sollen. Das blöde Gerede, dass sie zwei den Kripochef fertig machen könnten. Aber lange hat es ihm nicht Leid getan, weil der Kripochef hat ja dann noch in derselben Nacht ihn fertig gemacht.

Das musst du dir einmal vorstellen. Der Brenner kommt um vier Uhr früh mit dem Moped heim, weil seit es wieder angemeldet war, hat man ihn nicht mehr ohne sein altes Moped gesehen. Ich kann es verstehen, von so einem Moped kriegst du Liebe und Zuneigung, wie es eine Frau nicht einmal geben kann, wenn sie möchte. Und genügsam. Für fünf Liter Gemisch fährt es dich um die halbe Welt. Der Brenner hat es damals auffrisiert, dass es 90 gegangen ist. Damals der Brenner überhaupt ein guter Mopedbastler, er hat ja damals dem Saarinen auch viel bei seiner Suzuki geholfen.

Jetzt wie er um vier Uhr früh vom Stadion heimgekommen ist, hat er sich noch gedacht, den Auspuff muss ich mir morgen noch einmal anschauen. Weil ehrlich gesagt, da dürften zwischen dem Arnold-Schwarzenegger-Stadion und dem alten Haus in Puntigam schon ein paar hundert Leute um vier Uhr früh aufgewacht sein oder zumindest von einem Abfangjäger geträumt haben.

Zum Auspuff-Reparieren ist er dann aber nicht mehr gekommen, weil in der Küche hat schon der Kripochef auf ihn gewartet. Vielleicht ist ihm das mit dem Auspuff auch nur im Nachhinein so wichtig vorgekommen, weil wenn du in einen Pistolenlauf hineinschaust, hat das ja eine gewisse Ähnlichkeit mit einem Auspuff.

Auch wenn die Walther nicht so einen gewaltigen Lauf hat, aber wenn du direkt hineinschaust, Pistolenlauf immer gewaltig. Und für den Brenner natürlich besonders, weil erster Gedanke: Wenn der Kripochef nicht seine Dienst-Glock verwendet, sondern den alten Walther-Verbau aus der Polizeischule, dann will er auch abdrücken.

Das war sein erster Gedanke, wie er in die Walther hineingeschaut hat. Und wenn nicht im selben Moment draußen jemand so laut gehupt hätte, dass er unwillkürlich seinen Kopf ein bisschen zum Fenster hin-, also von der Walther weggedreht hat, wäre es auch sein letzter Gedanke gewesen.

# 4

Ohne die Hupe hätten sie jetzt in Puntigam links einen schwierigen Patienten weniger gehabt. Einen Querulanten, der den Dr. Bonati beschimpft hat. Der dem Professor Hofstätter sein bestes Skalpell gestohlen hat. Und der sich in einem Zustand, wo ihn die Schwestern noch für jede einzelne Runde am Gang gelobt haben, am Faschingsdienstag unerlaubt aus der Klinik davongestohlen hat.

Aber nicht dass du glaubst, der Brenner hat es nicht ohne den großen Grazer Faschingsumzug ausgehalten. Im Gegenteil! Jetzt warum gerade an diesem Tag? Du musst wissen, Graz ist eine Faschingsstadt. Andere Städte haben vielleicht auch ihren Kinderfasching, ihren Seniorenfasching, ihren Firmenfasching, aber das ist nichts gegen Graz, wo am Faschingsdienstag ab Mittag alle Geschäfte geschlossen sind, weil Faschingsumzug.

Und der Brenner hat eben ganz richtig spekuliert, beim großen Klinikfasching in Puntigam links bestimmt großes Durcheinander, und da fällt es nicht auf, wenn ich ein paar Stunden weg bin. Ich glaube aber fast, ein bisschen Eitelkeit war auch dabei, weil mit der rasierten Schädelhälfte und dem Verband hätte er sich an einem normalen Tag vielleicht doch geniert. Und eine gewisse Rolle hat es bestimmt auch gespielt, dass sie damals ihren Ausflug auch am Faschingsdienstag gemacht haben, quasi heikles Datum, weil der Saarinen den Aschermittwoch ja dann nicht mehr erlebt hat.

Wie er zum ersten Mal seit fast zwei Monaten wieder auf der Straße war, sehr eigenartiges Gefühl für den Brenner. Er ist sich vorgekommen wie ein Außerirdischer oder wie der einzige Überlebende nach einem Atomfasching. Puntigam vollkommen ausgestorben, weil alle beim Umzug in der Innenstadt. So hat der Brenner den Umzug auf seinem Weg ins Schwarzenegger-Stadion nur indirekt mitgekriegt, als Leere.

Taxi natürlich keine Chance, jetzt hat er sich zu Fuß auf den Weg gemacht, schön langsam, so ist es gegangen. Und so weit ist das Schwarzenegger-Stadion ja nicht entfernt vom Freud-Spital, weil da haben die Stadtplaner ganz richtig gesagt, alle Leute, die sich nicht benehmen können, auf eine Stadtseite, jetzt hat man in Graz Stadion und Nervenklinik und Zentralfriedhof ein bisschen in den Süden getan, sprich Puntigam und Liebenau, die sollen sich das untereinander ausmachen. Für die Innenstadt war das günstig und für den Brenner auch günstig, weil jetzt war er wenigstens schon auf der richtigen Stadtseite.

Im Grunde genommen nur über die Mur hinüber. Und in einer ausgestorbenen Stadt geht es sich ja viel leichter. Nach ein paar Minuten hat der Brenner auch seine gekrümmte Haltung aufgegeben, weil ihm ist auf einmal aufgefallen, es regnet ja gar nicht. Er war nur so nass, weil er schon wieder so wahnsinnig geschwitzt hat.

Dass es so was gibt, da verlässt einer nach zwei Monaten zum ersten Mal ein Krankenhaus, und möchte man meinen, er hält den Lärm fast nicht aus, und jetzt war es umgekehrt. Er hat die Stille fast nicht ausgehalten. Dabei war es in der Klinik auch immer sehr still, da darfst du dir nicht vorstellen, dass die Irren durch die Gegend brüllen. Weil die Medikamente.

Jetzt ist dem Brenner vorgekommen, die ganze Stadt hat ein Medikament bekommen, so ein stiller Hauch ist über den Straßen gelegen. Möchte man glauben, Fasching lautes Fest, aber das stimmt nicht. Fasching leises Fest, weil wenn du auf der falschen Stadtseite bist, lautes Fest immer leise. Von diesem Fasching ist eine Stille ausgegangen, unglaublich. Dem Brenner ist vorgekommen, er hat beim Davonstehlen aus der Klinik die Kliniktür zu lange offen gelassen und den Hauch mit in die Stadt hinausgenommen.

Jetzt warum hat er derartig geschwitzt? Zuerst einmal rein körperlich. Und dann natürlich die Todesangst. Weil ein Polizeifahrzeug hat ihn überholt, und wenn dir die Kripo einmal eine Kugel in den Kopf geschossen hat, dann kriegst du bei jedem Polizeifahrzeug Todesangst, das ist ganz normal.

Aber interessant. Obwohl die Polizisten sich gar nicht um ihn gekümmert haben, hat er dann, wie das Auto längst an ihm vorbei war, immer noch die Schweißausbrüche gehabt. Weil der Auspuff hat ihn wieder an die Walther vom Grazer Kripochef erinnert. Nach dem Polizeiwagen hat der Brenner sich auf einmal viel schwächer gefühlt. Jetzt hat er erst richtig bemerkt, was für ein Wahnsinn der Gewaltmarsch in seinem Zustand war.

Der Weg von Puntigam links zum Stadion hat sich so gezogen, dass der Brenner ein paarmal nahe am Aufgeben war. Das erste Mal wollte er schon beim Zentralfriedhof aufgeben, weil natürlich ansteckend, wenn so viele Leute faul herumliegen, und da hätte er sich wahnsinnig gern dazugelegt. Und auf dem Puchsteg war er dann so müde, dass er eineinhalb Stunden stehen geblieben ist und der Mur beim Fließen zugeschaut hat.

Es hat ihm gefallen, dass die Mur nicht mehr so dreckig war wie zu seiner Zeit, wo die Selbstmörder eine Zeit lang gar nicht mehr gesprungen sind, weil schon das Hinschauen genügt hat. Und jetzt das Hinschauen sogar eher heilsam, der Brenner hat es regelrecht gefühlt, wie das Wasser ihm langsam die Kraft zurückgibt, und ohne dass er es bemerkt hat, ist er auf dem Puchsteg ein bisschen mit dem Köck ins Gespräch gekommen.

»Wenn du mir nicht hilfst, bist du als nächster dran«, hat der Brenner auf dem Puchsteg geübt. Das ist ihm als das allerbeste Argument erschienen, sprich Drohung, weil der Köck war so ein Charakter, der hätte dir nie einfach so geholfen. Ich weiß auch nicht, es gibt so Menschen, manche helfen dir auch einmal einfach so, von sich aus, und andere würden das wieder nie tun. Das ist ein eigener Typus, da haben die Psychologen jahrzehntelang geforscht, bis sie diesen Charakter in den Griff bekommen haben, aber heute haben sie einen guten Namen für diesen Typus gefunden, pass auf: schlechter Charakter.

»Du wirst der nächste sein, wenn du mir nicht hilfst«, hat er immer wieder zum Köck gesagt, wie er schon weiter Richtung Schwarzenegger-Stadion gegangen ist. Manchmal hat der Brenner sich sogar eingeredet, ohne den Köck wäre die Sache damals gut ausgegangen und der Saarinen noch am Leben. Nur damit du verstehst, warum da ein bisschen Wut in der Stimme mitgeklungen ist, wie er auf den Köck eingeredet hat. »Du bist der einzige Zeuge außer mir.« Das hat er ihm ja auch in den letzten Tagen immer wieder auf den Anrufbeantworter hinaufgesagt. Aber zurückgerufen hat der Köck ihn trotzdem nicht, darum hat der Brenner es immer noch geübt: »Du bist außer mir der Einzige, der etwas davon weiß.«

Und hochinteressant! Nicht nur das Gehen gut für das Reden, sprich Denken, sondern umgekehrt ist er auch immer flotter unterwegs gewesen, seit er auf den Köck eingeredet hat. Da hat sich die ganze Beinmuskulatur wieder ein bisschen erinnert, wie sie gemeint war, während der Brenner gemurmelt hat: »Warum sollte der Kripochef mich heimdrehen und dich am Leben lassen?«

Rein von der Logik her muss man da sagen, gutes Zeichen für den Heilungsprozess im Kopf vom Brenner. Weil mehr als drei waren nicht mehr übrig von der alten Lausbubengeschichte. Der Saarinen tot, jetzt waren außer dem Grazer Kripochef nur mehr der Brenner und der Köck.

Mein Gott, sie waren damals jung. In der Polizeischule haben sie diese Sicherheitssysteme in den Banken gelernt, damals natürlich noch Steinzeit, aber der Gauner auch noch nicht am heutigen Stand, du musst dich insgesamt ein bisschen in die Steinzeit, sprich siebziger Jahre zurückversetzen, da hat noch nicht jeder Landbürgermeister das Schlafzimmer seiner Privatsekretärin mit Überwachungskameras zugepflastert, sondern damals alles noch sehr privat, Sekretärin und Bürgermeister nur Schreibtisch, und bei der Banküberwachung hat es gerade angefangen. Jetzt war das natürlich eine hochinteressante Pionierzeit.

»Weißt du noch den Prototnig«, hat der Brenner gesagt, während das Schwarzenegger-Stadion schon vor ihm aufgetaucht ist, silbern geglänzt hat es wie das reinste Ufo. Jetzt hat der Brenner zum Captain Köck gesagt, während er auf sein Ufo zugegangen ist: »Der Prototnig war eigentlich schuld an allem.«

Aber das war nur ein Scherz vom Brenner, so wollte er den Köck ein bisschen in eine positive Stimmung bringen. Und der silberne Glanz vom Schwarzenegger-Stadion, das jetzt regelrecht auf ihn zugeflogen ist, hat ihn irgendwie fast übermütig gemacht, sprich mitten in der Todesangst ein bisschen übermütig. Weil so eine Fröhlichkeit mitten in der Todesangst, das musst du dir vorstellen wie eine winzige Insel im Ozean oder wie das Schwarzenegger-Stadion mitten in Liebenau, genau so kann man oft mitten in einem wichtigen Chefgefühl ein winziges ganz anderes Gefühl haben, und kleiner Scherz: Der Prototnig ist an allem schuld.

Der Prototnig natürlich überhaupt nicht schuld daran. Schuld waren sie schon selber, junge Burschen, aber trotzdem schuld, dass sie am Faschingsdienstag 1973 diesen Blödsinn gemacht haben. So jung waren sie aber auch wieder nicht, weil keiner von ihnen mehr unter einundzwanzig, wo man damals sagen hätte können, noch nicht volljährig. Der Prototnig war damals schon ein alter Polizeischullehrer, und fanatisches Credo: praxisnahe Ausbildung. Der Prototnig hat sie die Sicherheitssysteme auf und ab geprüft, das kann sich ein heutiger Polizeischüler gar nicht mehr vorstellen. Das waren die gefürchtetsten Prüfungen, wenn du da ein winziges Drähtchen bei der Alarmanlage nicht gewusst hast, sofort auf Wiederschaun und nächste Woche noch einmal Alarmanlage.

Der Prototnig hat 120 Kilo gehabt, der ist dann sogar noch in ihrer Polizeischulzeit mitten in der Stunde an einem Herzinfarkt gestorben, da hat wieder die körpereigene Alarmanlage versagt. Und ich sage immer, garantiert wäre alles anders gekommen, wenn der Prototnig nur ein Jahr früher gestorben wäre, aber nein, so viel Zeit hat ihm der Herrgott noch geben müssen, dass er mit ihnen jedes einzelne Schlupfloch im Sicherheitssystem diskutiert hat.

Und Motto vom Prototnig immer: Ihr müsst euch in den Verbrecher hineindenken. Der hat dich bei der Prüfung durchfallen lassen, wenn du dich nicht sensibel genug in den Verbrecher hineingedacht hast, und ist ja im Grunde auch richtig so, ich sage, genau so gehört es. Aber natürlich die Folgen, wenn du als Polizeischüler zu sensibel gewesen bist.

Weil es gibt immer solche und solche. Viele nehmen es nicht ernst genug, da stimme ich dem Prototnig voll und ganz zu. Aber die vier haben es wieder zu ernst genommen. Am Anfang natürlich nur spielerisch, weil da haben sie einmal mit der ganzen Polizeischulklasse eine Exkursion in die Puntigamer Raiffeisenkasse gemacht. Der Köck und der Kripochef Aschenbrenner, also heute Kripochef, damals natürlich Polizeischüler Aschenbrenner, die haben rein spielerisch den Plan entwickelt, quasi Fleißaufgabe. Wie würde der Gauner es machen. Wie könnte man die Filiale der Raiffeisenkasse ausräumen, bevor sie in einem halben Jahr auf das neue Alarmsystem umgestellt wird. Zuerst nur der Plan, rein geistig. Ein paar kleinere Vorbereitungsarbeiten.

Ein bisschen Ernst ist erst in die Sache gekommen, wie der Köck auf einmal mit den vier Walther-Pistolen dahergekommen ist. Aber die Idee mit den Trachtenanzügen war vom Saarinen. Weil der Saarinen dann auch noch dabei, das war damals sogar der beste Freund vom Brenner, jetzt der Brenner natürlich auch dabei.

Der Saarinen hat gesagt, mit den Trachtenanzügen halten sie uns auf der Straße für verkleidet, aber in der Raiffeisenkasse halten sie uns für normal angezogen und auf der Flucht wieder für verkleidet, praktisch perfekte Tarnung. Das war ja damals nicht so wie heute, wo man mit dieser Verkleidung wieder auf die Straße geht, auch wenn kein Fasching ist. Aber eines war damals gleich, sie haben die Filiale am Faschingsdienstag schon früher zugesperrt, und wie die Angestellten geistig schon mehr beim Umzug als hinter dem Schalter waren, sind die vier Polizeischüler in ihren Trachtenanzügen hineinspaziert.

Der Brenner ist jetzt über die Straße zum Arnold-Schwarzenegger-Stadion hinüber und hat über seinen besten Freund nachgedacht, der seit dreißig Jahren tot war und den alle Saarinen genannt haben, weil er so von dem finnischen Motorradrennfahrer geschwärmt hat. Er hat sogar ein Poster von ihm im Polizeischulspind hängen gehabt, der Brenner ein Poster vom Jimi Hendrix, der '71 an seinem Erbrochenen erstickt ist, der finnische Rennfahrer dann 1973 in Italien tödlich verunglückt, aber sein Fan aus der Grazer Polizeischule hat das nicht mehr erlebt, weil der ist ja schon drei Monate vor seinem Vorbild tödlich verunglückt, sprich zu schnell von der Raiffeisenkasse weggefahren.

»So ein Scheiß-Pech«, hat der Brenner geflucht, während er die gut versteckte Klingel für die Hausmeisterwohnung im Arnold-Schwarzenegger-Stadion gesucht hat. Weil was glaubst du, wenn so eine Stadionklingel nicht gut versteckt wäre, würden die Fußball-Rowdies dauernd läuten, da wirst du wahnsinnig als Köck. Aber der Brenner hätte es eigentlich vom letzten Mal wissen müssen, wo sie war. Dann hat er sich gefreut, wie es ihm doch wieder eingefallen ist. Aber die Freude darüber war nur eines von diesen kleineren Gefühlen mitten in einem ganz anderen Gefühl, weil ob du es glaubst oder nicht. Während er die Klingel gedrückt hat, sind ihm auf einmal die Tränen heruntergelaufen. Dass es so was gibt! Damals, wie sein Freund in der Rudersdorfer Straße verunglückt ist, hat er nicht geweint, beim Begräbnis am Zentralfriedhof auch nicht geweint, aber jetzt, dreißig Jahre später, kommen ihm auf einmal die Tränen, das ist bei Männern oft ein bisschen verspätet.

Dem Brenner war es direkt ein bisschen peinlich vor sich

selber. Ich muss ganz ehrlich sagen, ich mag es auch nicht, wenn Männer weinen, es passt nicht recht, aber ich sage, wenn schon, dann bitte gleich und nicht dreißig Jahre nachher, das ist die schlechteste Version, und genau so machen es die meisten.

Beim Köck hat er dann wieder nicht geweint.

Jetzt müsste der Brenner schon dreiundachtzig Jahre alt werden, wenn er über den Köck auch erst mit dreißig Jahren Verspätung weinen will, weil mehr als einen halben Tag war der Köck bestimmt noch nicht tot.

Der Brenner hätte sogar eher getippt, dass er erst zwei, drei Stunden mit dem Loch im Kopf auf seinem hellgrünen Sofa gesessen ist. Aber nicht dass du dir jetzt Sorgen um den hellen Sofabezug machst, weil das Köck-Sofa war ja so hässlich, das wäre durch ein paar Liter Blut eher schöner geworden, aber so viel Blut war es gar nicht.

Das Loch in seiner linken Schläfe war ja nicht besonders groß. Heute haben sie bei der Polizei immerhin die Neun-Millimeter-Glock, die macht schon ein bisschen ein Loch. Aber die Sieben-fünfundsechziger Walther PP, die sie früher bei der Polizei gehabt haben, nur ein sehr kleines Loch. Im ersten Augenblick hat der Brenner das Loch in der linken Schläfe vom Köck gar nicht gesehen. Ob du es glaubst oder nicht, zuerst ist dem Brenner aufgefallen, dass der deutsche Trainer so wahnsinnig erschrocken von der Wand herunterglotzt.

Ihm ist vorgekommen, dass er noch nie so einen erschrockenen Blick gesehen hat wie von diesem Trainer, der seine blauen Augen derart aufgerissen hat, dass man glauben hätte können, seine roten Haare und sein roter Schnurrbart sind nicht von Natur aus rot, sondern vor Schreck. Weil der hat immer noch viele Haare gehabt, obwohl der Köck dem Brenner letztes Mal erzählt hat, dass der arme Mensch aus einem inneren Zwang heraus dauernd seine Haare den Drogentestern hinterherträgt.

Und wahrscheinlich war das auch der Grund, dass für den Brenner unter all den Fußballerfotos an der Wand ausgerechnet dieses eine so herausgestochen ist, weil der Köck im Stadion natürlich nicht nur Hausmeister, sondern eben auch ein bisschen Nebenverdienst, ein bisschen Haarwuchsmittel für Spieler, Trainer, Journalisten. Der Köck hat dem Brenner noch stolz erzählt, dass er den deutschen Trainer fast nach Graz gelockt hätte, aber in letzter Sekunde haben ihn dann doch noch die Wiener weggeschnappt, wahrscheinlich die dortigen Stadionwarte noch bessere Haarwuchsmittel.

Der Köck selber jetzt auch ein bisschen rote Haare, aber nur dort, wo das Blut sie verklebt hat, nicht viel, weil die Kugel ist ja nicht wieder ausgetreten, und dann tut sich nicht viel hinsichtlich Blut. Zwischen dem linken Ohr und dem linken Aug natürlich schon, ziemlich genau dort, wo auch der Brenner sein Loch gehabt hat. Jetzt hat der Brenner für einen Moment die Wahnvorstellung gehabt, es war gar keine Waffe im Spiel, es hat gar kein Kripochef Aschenbrenner mit seiner Walther geschossen, sondern der liebe Gott hat ihn und den Köck mit den Köpfen zusammengedroschen, so wie er im Jahr 1973 die beiden Motorradrennfahrer zusammengedroschen hat, Jarno Saarinen und Renzo Pasolini, beide auf der Stelle tot.

Obwohl sein Kopf jetzt so gedröhnt hat, als wären der Köck und er wirklich gerade mit je dreihundert Stundenkilometern, also zusammen sechshundert Stundenkilometern, mit ihren Köpfen zusammengefahren, hat der Brenner ganz leise hinter dem Dröhnen noch einen Gedanken wahrgenommen. Pass auf:

Ich muss die Kugel finden.

Weil die Kugel muss aus demselben Walther-Verbau stammen wie die Kugel, die der Professor Hofstätter ihm aus dem Kopf geholt hat. Sprich beschädigte Kugel, abgeflacht wie die reinste Weltkugel. Er hat gehofft, dass der Kripochef Aschenbrenner wenigstens einmal oder zweimal daneben geschossen hat, weil die tödliche Kugel selber ist ja nicht wieder aus dem Kopf ausgetreten, und die Hülse allein hat ihm nichts genützt.

Gefunden hat er dann alles Mögliche, nur keine Kugel. Er hat schnell begriffen, warum der Köck so angegeben hat, dass der deutsche Trainer nur seinetwegen fast zu Sturm Graz gekommen wäre. Weil kiloweise Haarwuchsmittel, da müssen die Wiener wirklich was zu bieten gehabt haben, dass sie den Trainer noch in letzter Sekunde von dieser Quelle losgeeist haben.

Aber das hat den Brenner nicht interessiert. Die Kugel hat ihn interessiert. Jeden Zentimeter Wand hat er abgesucht, jeden Sessel, jedes Sofa. Nichts. Die alte Walther vom Köck hat er im Schrank gefunden, mit der ist auch seit dreißig Jahren nicht mehr geschossen worden. Aber nirgendwo ist eine Kugel gesteckt. Den Boden hat er auf den Knien abgesucht, aber keine Kugel, nur ein altes Foto hat er gefunden, und wie er es umgedreht hat, war es ein Foto, von dem der Brenner sich sogar eingebildet hat, dass er es damals gemacht hat. Der Aschenbrenner war drauf, der Köck war drauf, der Saarinen war drauf, und die neue Freundin vom Saarinen war auch drauf, die Kellnerin aus dem Puntigamer Braugasthaus, die er erst ein paar Wochen vorher dem Aschenbrenner ausgespannt hat.

An ihren richtigen Namen hat der Brenner sich nicht mehr erinnert, nur mehr an den blöden Spitznamen, den der Saarinen aufgebracht hat, ob du es glaubst oder nicht: Maritschi. Weil wenn dich als junger Mensch ein Unfall aus dem Leben reißt, dann weißt du es ja am Vortag noch nicht, da drückst du dich deshalb nicht würdevoller aus, und du verwendest idiotische Namen wie Maritschi, wo du dich vielleicht ein bisschen gewählter ausdrücken würdest, wenn du eine Ahnung hättest, dass du morgen den Löffel abgibst.

Er hat sich geärgert, dass nicht sie das Foto gemacht hat, dann wäre er auch drauf gewesen. Eingesteckt hat er das Bild trotzdem. Und da sieht man wieder einmal, wie gut es ist, wenn man sich mit Nebensachen beschäftigt. Weil dann endlich die Kugel.

Die Kugel ist aber so tief drinnen gesteckt, dass er sie nicht und nicht herausgebracht hat. Mit dem gestohlenen Skalpell vom Professor Hofstätter hat er vorher das Schnappschloss an der Wohnungstür in einer Zehntelsekunde offen gehabt, aber die Kugel hat sich gewehrt. Das war eine Präzisionsarbeit, und der Brenner mit dem Feinmotorischen immer noch nicht gut. Und in dem Moment, wo er die Kugel schon fast hat greifen können, hört er ein feines metallisches Geräusch, das ihm durch und durch gegangen ist. Aber nicht dass du meinst, Skalpell und Kugel, quasi feines metallisches Geräusch.

Das Herz ist ihm fast stehen geblieben, weil es war dieses wahnsinnig feine Geräusch, das ein Schlüssel erzeugt, wenn er vorsichtig von draußen in ein Schloss geschoben wird.

Du wirst sagen, er hätte sich verstecken sollen. Aber du darfst nicht vergessen, wie dringend er die Kugel gebraucht hat. Darum hat er noch um die Kugel gekämpft, wie der Schlüssel sich schon im Schlüsselloch gedreht hat.

Jetzt natürlich große Frage, erwischt der Brenner die Kugel, oder erwischt der Besucher den Brenner. Oder dritte

Möglichkeit, dass beides passiert, und der eine erwischt die Kugel, der andere den Brenner. Weil da haben die Leute oft eine wahnsinnige Freude mit dieser Entdeckung, und es muss nicht unbedingt so oder anders sein, sondern dritte Möglichkeit. Aber jetzt kann ich dir einmal etwas wirklich Interessantes sagen. Es muss auch nicht unbedingt die dritte Möglichkeit sein.

Weil vierte Möglichkeit. Weder hat der Brenner die Kugel erwischt, noch hat der Besucher den Brenner erwischt. Im letzten Augenblick hat der Brenner sich nämlich doch noch von der Kugel losgerissen. Und wie die Tür aufgegangen ist, war der Brenner schon hinter der Tür versteckt.

Es ist ja immer wieder interessant, wie so ein Mensch dann wirklich aussieht, zu dem man zuerst schon eine intensive Beziehung durch die Tür aufgebaut hat. Weil in dem Fall nicht vier, sondern tausend Möglichkeiten, und normalerweise ändert sich das Bild komplett, sobald die Tür aufgeht und du den Besucher zum ersten Mal siehst. Aber dass es so was gibt! Die Vorstellung vom Brenner wäre gar nicht so schlecht gewesen, da hat er sich vielleicht wegen dem feinen Schlüsselgeräusch auch einen eher schmalen, klein gewachsenen Mann erwartet, und so war es auch. Aber dann hat der Besuch, während er durch die Wohnung gegangen ist, sich noch einmal komplett verändert.

Sein Gesicht hat der Brenner zwar nicht sehen können, weil er ja hinter ihm gestanden ist. Aber ihm ist vorgekommen, dass der Besucher beim Anblick vom Köck noch einmal um einen Kopf kleiner wird. Richtig zusammengesunken ist der. Und ich muss sagen, das ist verständlich. Weil der Brenner hat natürlich keine Zeit mehr gehabt, dass er nach der Operation das Aug wieder einsetzt, jetzt der Köck kein schöner Anblick.

Wenn ich sage, der Brenner hat das Gesicht des Besuchers nicht gesehen, weil er hinter ihm gestanden ist, dann muss ich sagen, von vorn hätte er auch nicht viel Gesicht gesehen. Weil seine blaue Baseballkappe hat ein derart großes Schild gehabt, dass der Brenner sich gewundert hat, warum er nicht vornüberkippt. Aber vornübergekippt ist er natürlich erst, wie ihm der Brenner die Walther vom Köck derart über den Schädel gedroschen hat, dass die Baseballkappe sogar noch ein bisschen schneller auf den Boden gefallen ist als ihr glatzköpfiger Besitzer.

Über Schläge kann man natürlich viel diskutieren, pro, contra, dritte Möglichkeit und, und, und. Aber eines ist klar. Nicht nur das Einstecken tut weh, man kann sich auch beim Austeilen verletzen. Der eine verstaucht sich das Handgelenk, der andere bricht sich die Finger, das hängt dir noch nach, wenn die klaffende Schädelwunde vom Opfer schon längst tadellos verheilt ist.

Und der dritte übernimmt sich überhaupt komplett. Weil der Brenner ist nach dem Schlag so eingegangen, dass er an die Kugel nicht einmal mehr gedacht hat. Er hat auf einmal ganz andere Sorgen gehabt. Er hat sich gefragt, ob er seinen Zitteranfall überleben wird. Und er hat sich gefragt, wie er, falls er den Zitteranfall überlebt, mit seinen Gummiknien aus dem Stadion hinauskommen soll. Und er hat sich gefragt, wo er, falls er mit seinen Gummiknien aus dem Stadion hinauskommt, überhaupt hin soll.

Weil er hat sich überlegt, was für ihn gefährlicher ist. Wenn er sich nicht mehr in der Klinik blicken lässt, wird er spätestens morgen als Köck-Mörder gesucht. Und wenn er in die Klinik zurückgeht, wird er wahrscheinlich schon heute vom Köck-Mörder gesucht. Siehst du, da fällt dir auch keine dritte Möglichkeit ein. Weil Falle Hilfsausdruck.

# 5

Nach zwei schlaflosen Nächten ist der Brenner dann endgültig aus Puntigam links verschwunden. Zuerst hat er im Fernsehraum noch einen Streit mit den anderen Patienten angefangen, damit sich alle erinnern, er war noch da, wie die Nachrichten schon den Stadion-Mord gebracht haben. Dann hat er sich auf den Weg gemacht. Im Krankenhaus haben sie sich nicht sehr gewundert, wie er auf einmal weg war, weil das musst du einmal schaffen, dass du sogar in einer Nervenklinik als Spinner giltst.

Die Pistolenkugel war das Einzige, was er aus Puntigam links mitgenommen hat. Seine eigene, weil die vom Köck hat er ja wegen dem unangemeldeten Besucher nicht mehr erwischt. Es hat ihn so geärgert, dass seine Operation in letzter Sekunde schief gegangen ist, dass er auf einmal mehr Verständnis für die gekränkte Eitelkeit vom Professor Hofstätter gehabt hat, quasi von Chirurg zu Chirurg.

Ohne den Professor Hofstätter hätte er sich ja den Eingriff gar nicht zugetraut. Wenn der dem Brenner nicht so genau am Röntgenbild gezeigt hätte, wo bei ihm die Kugel genau stecken geblieben ist, wäre er fachlich überhaupt nicht in der Lage gewesen.

Bei seinem ersten Spaziergang am Mur-Ufer hat der Brenner die ganze Zeit an das Röntgenbild denken müssen. Weil damals ist ihm die Aufnahme von seinem Gehirn auf dem Leuchtkasten genau wie der Stadtplan von Graz vorgekommen. Und so wie in Graz die Mur schön von Nordwesten zwischen Andritz und Gösting hereinbricht, so ist auf dem Röntgenbild der Schusskanal zwischen dem Ohr und dem Aug vom Brenner hereingekommen. Und so wie die Mur weiterfließt und zuerst einmal zur Weinzödl-Brücke kommt, so ist der Schusskanal zur Schläfenader vom Brenner gekommen. Und so wie die Mur die Weinzödl-Brücke nicht mitreißt, sondern schön unten durch, so ist auch der Schusskanal elegant unter der Schläfenader durchgetaucht.

Dann der Sehnerv, sprich Fußgängersteg, da hätte man glauben können, ein berühmter Brückenbaumeister hat den Sehnerv vom Brenner genau über den Schusskanal gespannt, so schön sind die beiden aneinander vorbeigekommen, keine Zerstörung, nur ein bisschen Rauschen und Spritzen, das ist nicht so schlimm. Dann weiter Richtung Zentrum, sprich Kalvarienbrücke, schön unten durch, nicht mitgerissen, keine Gesichtslähmung, und noch weiter hinein ist der Schusskanal auf dem Leuchtkasten gegangen, Keplerbrücke, und wieder dürfen beide leben, der Nerv bleibt stehen, der Schusskanal duckt sich wieder unten durch, Hauptbrücke gar kein Problem, Tegethoffbrücke sauber unten durch, und auf einmal, das musst du dir vorstellen, als würde die Mur mitten in Graz einfach anhalten, als würde sie dreißig Meter nach der Tegethoffbrücke, ungefähr bei der Bank, wo der Brenner zum ersten Mal am Mur-Ufer mit der Leni geschmust hat, einfach stehen bleiben wie das reinste rote Meer, dem der Moses von der Leni-Bank aus Stopp gedeutet hat, so ist der Schusskanal mitten im Brennerhirn einfach zwischen der Tegethoffbrücke und der Radetzkybrücke stehen geblieben.

Und da hat der Köck wirklich Pech gehabt, das hat der Brenner sehr schön gesehen, während draußen schon der Schlüssel mit dem unerträglich feinen Geräusch in das Schloss gefahren ist. Beim Köck ist der Schusskanal höchstens um einen Zentimeter weiter gegangen als beim Brenner, wie wenn die Mur ihren Moses zu spät gehört oder ihre rote Ampel zu spät gesehen hätte und immer noch vor der nächsten Brücke, aber eben erst bei der nächsten Bank stehen geblieben wäre, wo der Brenner einmal mit der Waltraud geschmust hat, sprich winziger Unterschied, aber Unterschied zwischen Leben und Tod.

Nur damit du verstehst, woher der Brenner das Fachwissen genommen hat, warum der anatomisch derart auf Draht war. Weil ein Hirn, das frisch aus dem Koma kommt, musst du dir vorstellen wie eine Dunkelkammer, und das Grazhirn am Leuchtkasten hat sich damals in sein noch ein bisschen schattiges Patientenhirn regelrecht eingebrannt.

Jetzt hat es den Brenner genau wie den Professor Hofstätter fast ein bisschen gekränkt, dass der *GratisGrazer* seine chirurgische Leistung nicht genug gewürdigt hat. Weil in der Zeitung ist dann natürlich gestanden, Ritualmord, Drogenmafia und, und, und. Weil Drogenmafia immer mit den Körperteilen. Und außerdem offenes Geheimnis, dass so ein Stadion-Hausmeister nicht nur als Fundbüro wichtig für die Spieler ist, wenn wieder einmal ein verzagter Fußballmillionär in der Dusche seinen Ohrring, sein Goldkettchen oder seine Lockenwickler verloren hat, sondern wichtige Vertrauensperson, und da haben die Spieler einfach gewusst, wenn ich einmal einen Lockenwickler verliere, halb so schlimm, der Köck findet ihn und lässt ein eventuell daran klebendes Haar sofort verschwinden, bevor es in falsche Hände gerät.

Und jetzt war der Köck tot, und im *GratisGrazer* ist gestanden: vom Täter keine Spur. Nicht einmal von der Kugel eine Spur, ist im *GrazisGrazer* gestanden, weil der Täter absolut saubere Arbeit. Das hat dem Brenner natürlich schon ein bisschen zu denken gegeben.

Um seine Leser nicht ganz ohne Strohhalm zurückzulassen, hat der *GratisGrazer* sogar den Trafikanten Würnitzer als Augenzeugen bezeichnet, obwohl der seine Trafik vis à vis vom Schwarzenegger-Stadion am Faschingsdienstag nicht einmal aufgesperrt hat. Aber immerhin einziger Hinweis vom Trafikanten Würnitzer, weil dem ist es wahnsinnig verdächtig vorgekommen, dass seit dem Dienstag die beiden Zigeunerbettler nicht mehr aufgetaucht sind, die sonst immer vor dem Stadion gestanden sind.

Einziger Hinweis natürlich immer gut, jetzt hat der Brenner sich gleich einmal auf den Weg zur Stadion-Trafik gemacht. Du musst wissen, bei einem Trafikanten gibt es nicht nur die Zigaretten, da gibt es nicht nur die Zeitungen, da kriegst du nicht nur im Hinterzimmer das Hitlerbild mit persönlicher Widmung, sondern bei einem Trafikanten, wenn du ihn nett grüßt, gibt es die wichtigsten Nachrichten mündlich.

Heute kann ja in Österreich schon jeder eine Trafik betreiben, da zahlst du einem Beamten eine gewisse Schmiergeldsumme, und du hast ganz regulär deine Trafik. Aber das war nicht immer so, weil nach dem Krieg haben sie gesagt, da machen wir für die Kriegsinvaliden eine kleine Hilfe, und da soll die staatliche Tabakgeschichte nicht jeder kriegen, weil Tabak immer Lebensgrundlage, sondern da soll einmal der Kriegsinvalide zum Zug kommen. An sich eine gute Idee, weil Trafikant ist ein Beruf, den kannst du auch mit nur einem Bein betreiben, mit einem Arm, ich sage, Trafikant kriegst du sogar mit dem einen oder anderen Splitter im Kopf gut über die Runden, wenn dir die Frau bei der Abrechnung hilft.

An die Trafik Würnitzer hat der Brenner sich noch von früher gut erinnert, weil dort hat er sich als Dreizehnjähriger die ersten Zigaretten seines Lebens gekauft, in Puntigam hätte er sich nicht getraut. Aber ich muss ganz ehrlich sagen, sehr angenehm hat er den alten Würnitzer nicht in Erinnerung gehabt.

Du musst wissen, wie der Brenner jung war, hat es in den Zeitungen noch weitaus nicht so viele ekelerregende Fotos gegeben, sprich Krieg oder Unfall oder Amputation oder Manager des Jahres. Da hat man noch eine gewisse Scheu gehabt, und nicht alles in der Öffentlichkeit herumzeigen. Und was dem *GratisGrazer* da eingefallen ist, dass er das Foto vom einäugigen Köck gedruckt hat, so etwas wäre früher undenkbar gewesen. Aber trotzdem auch früher keine harmonische Atmosphäre in den Trafiken, weil zum Ausgleich sind dir damals reihenweise Arm- und Beinstummel gleich direkt in der Trafik unter die Nase gehalten worden, sprich Veteranentreffen. Ich sage es nur, weil es oft heißt, früher alles besser, Gras grüner, Luft reiner, Mensch ganzer, aber das stimmt auch nicht immer, weil früher auch schon Armstummel und Beinstummel und Manager des Jahres.

Und immer böse geschaut, die Herrn Kriegsopfer, wenn du als junger Mensch und Jimi-Hendrix-Fan hineingekommen bist. So war das eben damals. Und ich weiß jetzt auch nicht, haben sich nach dem Koma einfach die alten Erinnerungen besser erholt als die neueren, oder ist der Brenner überhaupt schon seit Jahren mit der Entwicklung nicht mehr so mitgekommen, weil er hat immer noch dieses alte Bild im Kopf gehabt. Jetzt natürlich große Überraschung, weil in der Trafik Würnitzer vis à vis vom Arnold-Schwarzenegger-Stadion ein derart flotter Trafikant, da hat der Brenner zuerst geglaubt, er hat sich in der Tür geirrt, weil der junge Mann hätte jederzeit für Manager des Jahres kandidieren können. Höchstens, dass er noch zu jugendlich dafür gewirkt hat mit seiner blauen Baseballkappe.

Und da sieht man wieder einmal, dass nicht jedem die gleichen Sachen stehen, weil der Stadion-Glatzkopf hat mit der gleichen Kappe so lächerlich ausgesehen, dem jungen Würnitzer hat sie aber wieder gut gepasst. Jetzt war es für den Brenner doch ein bisschen bitter, wie der freundliche Jung-Trafikant zu ihm gesagt hat, der Brenner erinnert ihn an seinen Großvater. Nicht an den Großvater vom Brenner, sondern eben an seinen eigenen Großvater, den Trafikgründer, der erst vor ein paar Jahren verstorben ist, ausgerechnet Raucherbein.

Ich glaube fast, der Kopfschuss war es, der den Trafikanten Würnitzer so an seinen Großvater erinnert hat. Das hätte sich der Brenner früher auch nie träumen lassen, dass einmal eine Zeit kommen wird, wo sich ein junger Hupfer und ein alter Invalide in einer Trafik gegenüberstehen, und er ist nicht der junge Hupfer.

Aber interessant, der tüchtige Jung-Trafikant war dann fast noch schlimmer als die alten, die der Brenner früher so gefürchtet hat. Dass es so was gibt, ein sauberes Bürschchen, kein Bauch, kein Mundgeruch, keine Zahnlücke, sondern groß, schlank, sportlich, braungebrannt, alles sehr ding. Warum muss so einer, der alle Möglichkeiten hätte, eine Unterschriftenliste herausziehen. Und auf der Liste war dasselbe, flott hingeschriebene »X«, das der Trafikant auf seiner Baseballkappe gehabt hat. Nur dass auf der blauen Kappe ein weißes »X« war, auf dem weißen Papier ein blaues »X«, wahrscheinlich weil man es in Weiß nicht gesehen hätte.

»Das X steht für IGS«, hat der junge Trafikant des Jahres stolz erklärt.

»Und wofür steht IGS?«

»Initiative«, hat der Trafikant ihm vorgesagt wie ein Volksschullehrer und ist mit der Stimme oben geblieben, damit der dumme Kunde einsetzen und weitermachen kann. Aber nichts da, der Kunde hat nicht eingesetzt, jetzt doch noch einmal der Trafikant: »Grazer«, wieder schön mit der Stimme oben geblieben, aber der Kunde hat es immer noch nicht kapiert, jetzt hat der Trafikant es selber fertig sagen müssen: »Sicherheit.«

»X«, hat der Brenner gelächelt.

»Ein einziger Buchstabe.«

»Das ist einmal eine Abkürzung, die sich auszahlt. Aber ich hab immer geglaubt, ihr heißt: Wehr-Initiative Grazer Sicherheit.«

Der Trafikant hat den Kopf geschüttelt, ich glaube, er hat gar nicht begriffen, dass der Brenner ihn nur verarscht hat, weil mit dem »Wehr« unvorteilhafte Abkürzung, und ohne das Wehr schön mit dem »X«, sprich saubere Lösung.

An eines hat der Brenner sich aber wirklich erinnert. Dass diese Hobbypolizisten seit einiger Zeit die Stadt unsicher gemacht haben. In der Zeitung ist es gestanden, schon bevor er nach Puntigam zurückgekommen ist. Die haben sich mit ihren Fotoapparaten vor den Grazer Schulen aufgestellt, weil sie haben gesagt, wir müssen die Drogenhändler abschrecken. Der Erfolg natürlich umstritten, aber die Lehrer haben sich wahnsinnig über die immer ärger werdenden Verspätungen der Schüler beschwert, weil die sind am Morgen natürlich stundenlang vor dem Spiegel gestanden und haben sich fünfmal umgezogen aus lauter Angst, sie könnten auf den Fotos nicht gut drauf sein.

»No Drax in Graz« ist auf dem T-Shirt gestanden, das der Trafikant ihm jetzt gezeigt hat, weil das hat zur Uniform der

Hobbypolizisten gehört. Auf der Kappe das »X«, auf dem T-Shirt der Slogan und noch einmal das »X«.

»Drax«, hat der Trafikant gelächelt, »mit dieser Schreibweise sprechen wir gezielt die jungen Leute an. Denen darf man nicht mit dem Zeigefinger kommen, sondern eben –«

»– mit dem X.«

»Zeitgemäß.«

Und vom Drogenproblem ist der Trafikant dann schnell zum Zigeunerproblem gekommen, weil seit Jahren ist da gestritten worden, die Bettelei, die Kriminalität, und die Hobbypolizisten haben jetzt verlangt, Bettelverbot. Er hat dem Brenner die Liste freundlich hingehalten, weil er hat geglaubt, ein Mann mit Kopfschuss unterschreibt ihm das bestimmt.

Als Detektiv darf man bei so etwas natürlich nicht heikel sein. Für den Brenner war das Thema ein Riesenvorteil, weil so hat er ganz leicht das Gespräch auf die beiden Schwarzenegger-Zigeuner bringen können.

»Die beiden Stadion-Bettler werden Ihnen ja nicht fehlen«, hat der Brenner gesagt.

»Das können Sie laut sagen.«

»Vielleicht haben sie Angst gekriegt vor Ihrer X-Initiative.«

Schau, das hat der Brenner eigentlich falsch gesagt, weil das »Initiative« ist ja schon im »i« vom »X« drinnen gesteckt. Aber das war nicht der Grund, dass der Trafikant Würnitzer so sauer geschaut hat.

»So leicht sind die nicht zu vertreiben«, hat er behauptet. »Die zwei Roma-Herrschaften sind ganz zufällig am selben Tag verschwunden, wo unbekannte Täter den Stadion-Hausmeister ermordet haben.«

Ich wette, so viele Anführungszeichen gibt es auf der Welt

gar nicht, wie der junge Trafikant Würnitzer da bei »Roma-Herrschaften« und bei »zufällig« und bei »unbekannte Täter« gemacht hat.

»Wenigstens sind Sie die beiden los«, hat der Brenner ihm ein bisschen nach dem Mund geredet.

»Die beiden bin ich los.«

»Und den Köck sind Sie auch los.«

»Da werden bestimmt ein paar Leute traurig sein«, hat der Trafikant gelächelt. »Manchmal hat das Stadion unter der Woche fast mehr Besucher gehabt als am Spieltag.«

Siehst du, so etwas kannst du natürlich als Trafikant Würnitzer gut beobachten, dass da nicht nur die Sportreporter im Arnold-Schwarzenegger-Stadion aus und ein gegangen sind, sondern eben auch die besseren Kreise aus den anderen Redaktionen, Politik, Kultur, Wetter, Wirtschaft, Horoskop und sogar Wochenendbeilage.

»Der Köck hat das ganze Gesindel angelockt. Erst letzte Woche haben wir beschlossen, dass wir auch vor den Stadioneingängen Wachposten aufstellen müssen, nicht nur vor den Schulen.«

»Das hat sich ja jetzt erst einmal erledigt.«

»Abwarten. Ich sage immer, es kommt nichts Besseres nach.«

Der Brenner hat ihm dann die Liste nicht unterschrieben, weil er hat gesagt, er möchte es sich noch einmal überlegen. Aber damit er es sich nicht ganz vertut mit dem Würnitzer, hat er ihm eine Baseballkappe abgekauft. Er hat sich immer noch ein bisschen geniert wegen der rasierten Stelle und dem Pflaster über dem Einschussloch, und für so etwas ist eine Kappe kein Fehler. Und als Schutz gegen die Kälte, weil die Ärzte in Puntigam links haben immer mit einem triumphierenden Lächeln gesagt, die Schmerzen werden schon noch kommen. Das war ja der Lieblingsvorwurf vom Bonati, weil Schmerzverdrängung immer verdächtig, und so einen Schmerzverdränger wie den Brenner hat er überhaupt noch nie erlebt.

»Dann überlegen Sie es sich mit der Unterschrift«, hat der Trafikant gesagt, wie der Brenner bezahlt hat.

»Ich komm die Woche sowieso noch einmal vorbei«, hat der Brenner gesagt, während er mit der Kappe am Kopf aus dem Geschäft hinaus ist.

Weil ein gutes Verhältnis zu den Zeugen immer wichtig. Viel hat er zwar vom Würnitzer nicht erfahren, was er nicht schon in der Zeitung gelesen hat. Aber das ist ganz klar, weil die Zeitungsleute es ja auch vom Würnitzer gehabt haben. Das ist eine interessante Kreislaufwirtschaft: In der Trafik kauft man sich die neuesten Zeitungen, sprich neueste Nachrichten, Analysen, Hintergrund, Tipps, Kommentare, ja was glaubst du. Aber woher wissen die Zeitungen das alles? Und siehst du, die wissen es wieder von den Trafikanten.

Jetzt hat man in den letzten Jahren eines gut studieren können. Bei den Kühen in England. Dass es nie gesund ist, wenn Kühe Schafe fressen. Und ganz ähnlich ist es, wenn die Zeitungen sich zu viele Informationen im Zeitungsgeschäft holen, sprich Volk aufs Maul. Da kann es im Lauf der Jahre zu einer gewissen Gehirnerweichung kommen.

Jetzt hat der Brenner, während er über die Straße zum Stadion hinübergegangen ist, auf einmal statt »Zigeunermafia« das Wort »Zeugenmafia« im Kopf gehabt. Weil alte Polizistenregel: Wenn sich die Zeitungsmafia und die Zeugenmafia einig sind, immer Alarmstufe rot. Drogenmafia nichts dagegen.

Beim Stadion ist er dann nie angekommen. Weil auf einmal ist ihm komplett schwarz vor Augen geworden. Aber nicht dass du glaubst, Gehirnproblem. Sondern Kappenproblem.

Von hinten hat ihm jemand die Kappe über die Augen gezogen und ihm so brutal den Arm auf den Rücken gedreht, dass der Brenner sich fast angekotzt hat. Dass er erst wieder richtig zum Denken gekommen ist, wie er schon gefesselt in einem auf und davon jagenden Auto gesessen ist.

Gesehen hat er immer noch nichts. Aber gehört hat er alles. Und gerochen. Seine eigene Angst hat er gerochen. Aber nicht, weil er nichts gesehen hat, hat er sich so gefürchtet. Sondern den Angstschweiß hat es ihm erst herausgetrieben, wie er den Polizeifunk im Wagen gehört hat.

# 6

Der Brenner hat die Stimme vom Kripochef Aschenbrenner sofort erkannt.

»Saubere Arbeit, Major Heinz«, hat der dem Entführer gratuliert, der den Brenner nach ein paar Minuten Autofahrt in einen Lift gestoßen hat und mit ihm so lange aufwärts gefahren ist, dass der Brenner sich gefragt hat, ob es in Graz überhaupt so hohe Häuser gibt.

»Wir liefern schneller als die Konkurrenz«, hat der Major Heinz mit einer überraschend fröhlichen Stimme geblödelt, weil ich glaube, der hat gern Leute zugestellt. »Sonst noch ein Wunsch? Ketchup, Mayonnaise dazu, oder vielleicht ein Kaltgetränk?«

»Trinkgeld kriegst du nächstes Mal. Nimm ihm die Kappe und die Handschellen ab und verschwinde.«

Aber nicht dass du glaubst, wie der junge Major ihm die Kappe abgenommen hat, ist dem Brenner sechs Wochen nach dem Aufwachen neben dem Jimi Hendrix schon wieder vorgekommen, er ist im Himmel gelandet. Er hat den Himmel gesehen, das schon. Aber geglaubt hat er, er ist im Paradies gelandet.

Und Paradies sogar Hilfsausdruck für die Wohnung vom Grazer Kripochef. Ein Dachgarten voller blühender Pflanzen mitten im Winter, so was hat der Brenner in seinem ganzen Leben noch nicht gesehen.

Nachdem der Major Heinz sich verzogen hat, ist er mit dem Aschenbrenner allein gewesen in seinem Paradies mit dem Blick über die Grazer Dächer. Aber der Brenner natürlich keinen Blick für die gewaltige Aussicht. Weil jetzt ist etwas passiert, was nur unter Spitzendetektiv und Spitzengauner passieren kann. Das mit dem Einfühlen.

Der Brenner hat sich selber mit den Augen vom Aschenbrenner gesehen, sprich ohne Farbfehler. Und im Gegensatz zu den Tagen in der Klinik hat er überhaupt keine richtige Wut auf den Aschenbrenner gehabt, weil viel zu gut eingefühlt. Das ist ja überhaupt immer wieder interessant. Manche Dinge kann man mit Menschen besser machen, wenn sie nicht anwesend sind. Ich rede jetzt gar nicht großartig von der Liebe, weil natürlich Liebe geht mit Anwesenden grundsätzlich nicht, das versteht sich von selbst. Aber beim Hass ist es genauso. Bei der mörderischen Wut, bei der Todesangst ist es genauso. Sobald man seinem Gegenüber zu nahe kommt, ist man irgendwie enttäuscht.

Sich selber mit den Augen vom anderen sehen, das sagt man so leicht. Nicht nur immer mit der eigenen Perspektive, auch einmal aus den Augen vom lieben Nächsten hinausschauen, das ist sogar für die menschliche dings das Wichtigste. Aber wer denkt an das Problem mit den Spitzenleistungen? Weil bei den Spitzenleistungen ist es ja oft so, dass sich der ursprüngliche Effekt umkehrt. Der Spitzensportler kann nicht mehr richtig gehen, der Spitzenschauspieler kann nicht mehr normal reden, und das Einfühlen kann beim extremen Spitzenniveau leicht einmal ins Unmenschliche kippen.

Aber als Detektiv hast du einfach keine Chance, wenn du dich nicht in den Gauner einfühlst. Immer in den anderen hineindenken, ausgerechnet in den Gegner hineindenken.

Das ist ja das Schwierigste in diesem Beruf, du jagst den Gauner, aber du erwischst ihn nur, wenn es dir gelingt, dass du die Welt so siehst, wie er sie sieht. Im Grunde musst du denken, wie er denkt, musst du sogar fühlen, wie er fühlt.

Jetzt was hat der Brenner vom Aschenbrenner aus gefühlt? Leider muss ich sagen, gar nichts. Oder sagen wir einmal so. Er hat gemerkt, dass der Aschenbrenner sich gerade hundertprozentig in ihn einfühlt, jetzt ist er wieder dort gewesen, wo jeder Normalmensch ohne die Einfühlung auch ist. Das war eine brutale Pattstellung zwischen den beiden, weil einer hat sich besser in den anderen hineinversetzt als der andere, Ringelspiel Hilfsausdruck.

Da hat man wirklich noch die alte Polizeischule gemerkt. Das können die jungen Leute ja gar nicht mehr. Da würde heute jeder sofort umkippen, wenn er so ein Duell nur ein paar Sekunden aushalten müsste, weil wahnsinnige Belastung, wie du da als Spitzendetektiv und als Spitzengauner auf beiden Seiten gleichzeitig stehen musst.

»Geht es dir wieder besser?«, hat der Aschenbrenner endlich gefragt.

Der Brenner war froh, dass der Brigadier mit dem Reden angefangen hat. Weil durch das Reden sind die Leute wieder auseinander gekommen, sprich klare Unterscheidung, da der Aschenbrenner, da der Brenner, jetzt hat durch die Frage vom Brigadier Aschenbrenner der Brenner wieder in seinen eigenen Kopf hineingefunden.

»Besser als dem Köck«, hat er geantwortet.

»Woher willst du das wissen?«

»Was?«

»Wie es dem Köck geht? Vielleicht geht es dem besser als uns beiden.«

»Du meinst, du hast ihm einen Gefallen getan?«

»Wem?«

»Dem Köck.«

»Wieso soll ich ihm einen Gefallen getan haben?«

»Wie du ihm die Kugel in den Kopf geschossen hast.«

Mein lieber Schwan, das war ein Stimmungswechsel beim Kripochef Aschenbrenner, als würde auf einmal die Mur von Puntigam nach Andritz fließen. »Zu blöd dazu, sich selber eine Kugel in den Kopf zu schießen«, hat er geschnauft, »aber dann den starken Mann spielen und mir in die Arbeit hineinpfuschen. Das hab ich schon gern.«

Jetzt ist dem Brenner erst aufgefallen, wie schlecht der Aschenbrenner ausgeschaut hat. Er hat fast so elendig aus der Wäsche geschaut wie damals im Foyer der Raiffeisenkasse. Du musst wissen, der Aschenbrenner ist damals fast ausgeflippt wegen dem Schuss, den sie aus dem Tresorraum gehört haben. Der Köck war mit dem Saarinen hinten und hat es ihnen dann tausendmal geschildert, wie der Saarinen auf einmal ohne Grund in den Plafond geballert hat. Ein harmloser, idiotischer Schuss, aber im Grunde war es der tödliche Schuss für den Saarinen, weil ohne den Schuss wären sie ja nicht Hals über Kopf geflüchtet und der Saarinen nicht an die Ampel gefahren.

»Ich möchte wissen, was dich der Köck auf einmal angeht.« Der Herr Brigadier ist dagesessen und hat ihn so angewidert angeglotzt, als wäre der Brenner Schuld daran, dass er fast keine Luft mehr kriegt.

»Beim Köck hast du besser gezielt als bei mir«, hat der Brenner gesagt.

Der Kripochef hat verächtlich geschnauft. »Mach dich nicht lächerlich, Brenner. Kannst du dich überhaupt noch erinnern, was ich dir am Adventssamstag in der Früh gesagt habe?«

»Sicher«, hat der Brenner gelogen.

»Jetzt erzählst du mir alles, was du über den Köck weißt. Oder ich kann für nichts mehr garantieren.«

»So schön wie du hat er nicht gewohnt.«

Der Kripochef hat natürlich genau verstanden, was der Brenner ihm damit sagen will. Weil Paradies immer verdächtig. Sicher, als Kripochef verdienst du nicht schlecht. Kein schlechtes Gehalt, da kannst du dir schon ein bisschen was leisten, aber damit kann man ein dickes Auto erklären, damit kann man eine dünne Frau erklären, damit kann man einen Palmenurlaub erklären, aber damit kann man ganz bestimmt kein Paradies erklären.

So ist das nämlich im Leben, das Paradies wird dir nicht nachgetragen, und ohne dass du dir ein bisschen was zuschulden kommen lässt, kommst du nicht hinein in das Paradies. Da dürfte einmal ein Mönch beim Bibel-Abschreiben einen kleinen Schreibfehler gemacht haben, jetzt haben die Leute über Jahrhunderte geglaubt, man kriegt das Paradies, indem man sich nichts zuschulden kommen lässt. Und man fliegt wegen Schuld aus dem Paradies hinaus. Also genau falsch herum.

Komisch ist eigentlich nur, dass die Leute das so lange geglaubt haben, wo doch ein Blinder sieht, dass es umgekehrt ist und das Paradies sich nur den brutalsten Typen öffnet. Bestes Beispiel der Aschenbrenner. Der hat jetzt dem Brenner als Retourkutsche für die Anspielung auf die schöne Wohnung ein paar Wahrheiten eingeschenkt, wo jeder normale Mensch zehnmal zurückschrecken würde, bevor er einem frisch aus Puntigam links Entlassenen so etwas auf den Kopf zusagt.

»Weißt du, was du und der Köck gemeinsam habt?«, hat der Kripochef gefragt.

»Dass du uns –«

»Dass ihr«, hat der Aschenbrenner ihn unterbrochen, »nie erwachsen geworden seid. Dass ihr immer nur überall davongelaufen seid. Dass ihr immer geglaubt habt, ihr seid so viel gescheiter als wir kleinkarierten Idioten, die irgendwann eine Verantwortung für ihre Arbeit und für ihr Leben übernommen haben.«

Dem Brenner ist vorgekommen, der Kripochef glaubt das selber, was er da verzapft, jetzt hat er ihn einfach reden lassen, weil uninteressant war es nicht.

»Aber ab einem gewissen Alter wird es leider schwieriger mit der Überheblichkeit«, hat der Aschenbrenner geschnauft. »Auf einmal ziehen die billigen Tricks von früher nicht mehr. Was mit zwanzig lustig war, ist mit fünfzig nur noch erbärmlich.«

Du merkst schon, da hat der Aschenbrenner immer noch viel aus der Einfühlung herausgezogen, weil sonst hätte er es gar nicht so genau treffen können, was der Brenner auch schon im einen oder anderen schlechten Moment über sich gedacht hat.

»Und dann sitzt man als Hausmeister im Schwarzenegger-Stadion und macht Geschäfte mit Leuten, um die man lieber einen großen Bogen machen sollte. Ich hab den Köck nicht nur einmal gewarnt vor seinen Freunden. Aber er ist sich ja so gescheit vorgekommen.«

»Ich mache mit niemandem Geschäfte.«

»Du kommst nach dreißig Jahren in deine verfallene Puntigamer Hütte zurück und wunderst dich wie ein kleines Kind, dass hier niemand auf dich wartet. Außer dem Gestank von der Brauerei.«

»Die Brauerei ist nicht so schlimm, aber die Futtermittelfabrik«, hat der Brenner gesagt.

Persönlich kann ich ihm da nur Recht geben. Den Geruch von der Brauerei finde ich oft gar nicht so schlecht, aber die Futtermittelfabrik ist natürlich schon ein bisschen ding. Das ist ein Gestank, dass man an manchen Tagen in Puntigam am liebsten aus der Haut fahren möchte. So etwas hat der Brigadier Aschenbrenner in seinem Innenstadtparadies natürlich nicht gekannt.

Jetzt warum sage ich die ganze Zeit Paradies? Die ganze Zeit Paradies sage ich, weil die Frau vom Aschenbrenner dann herausgekommen ist. Zuerst hat der Brenner nur ihre Stimme gehört, weil sie hat aus der Wohnung herausgerufen:

»Bist du da?«

»Nein, ich bin nicht da!«, hat der Aschenbrenner geantwortet, weil Telefon, und da ist es immer gut, wenn man eine Frau hat, die sagt, man ist nicht da. Aber zu leise, weil die Frau noch einmal:

»Bist du da?«

»Nein, ich bin nicht da, Soili!«

Ich weiß nicht, wird man einfach durch das Koma ein bisschen wunderlich, aber dem Brenner ist vorgekommen, er hat noch nie so einen schönen Namen gehört. Soili. Das war die reinste Musik für den Brenner. Ich muss sagen, mir gefällt der Name auch nicht schlecht, aber der Brenner ganz weg, quasi Balsam für seinen Schusskanal.

Wahrscheinlich war er einfach wegen dem Aschenbrenner überempfindlich in punkto Namen. Manchmal glaube ich überhaupt, es ist nur an ihren ähnlichen Namen gelegen, dass die beiden ihr Leben lang so ungut übereinander gestolpert sind. Gemocht haben sie sich vom ersten Tag an in der Polizeischule nicht, aber gleichgültig waren sie sich auch nicht. Wie soll ich sagen, eine Reibung, als müsste es eine

Entscheidung geben. Brenner. Aschenbrenner. Als dürfte nicht beides existieren. Das war von Anfang an so. Ob das Weibergeschichten waren, ob das der Saarinen war, wo der Brenner nie verstanden hat, dass der auch mit dem Aschenbrenner befreundet war. Weil wenn es nach dem Brenner gegangen wäre, dann hätte der Saarinen nur sein Freund und der Köck nur der Freund vom Aschenbrenner sein sollen.

Aber ich sage, Name ist das eine, und der dahinter steckende Mensch doch noch einmal etwas anderes. Weil die Soili ist dann auf die Terrasse herausgekommen. Der Brenner hat sich gefragt, wo der Kripochef so eine Frau hernimmt. Dreiundachtzig Jahre hätte er werden müssen, um vor Wut darüber zu weinen. Und das, obwohl er sie bis jetzt nur aus zehn Metern Entfernung gesehen hat. Mit einem Serviertablett in der Hand ist sie auf die Terrasse herausgekommen.

Und ob du es glaubst oder nicht. Jetzt erst hat der Brenner endgültig damit aufgehört, sich in den Kripochef einzufühlen. In dem Moment, wo die Soili auf die Terrasse herausgekommen ist, hat sich auch seine Wut auf den Kripochef, die ihn in den letzten Wochen am Leben gehalten hat, wieder ganz leise geregt.

Das musst du dir vorstellen wie einen eingeschlafenen Körperteil, der langsam aufwacht, du schreckst mitten in der Nacht aus dem Schlaf auf, weil du auf deinem Arm gelegen bist, jetzt der Arm ist tot, und du schüttelst ihn in Panik wie einen Leichenarm, aber du spürst nichts, und auf einmal kribbelt er ein bisschen, quasi halbes Lebenszeichen. Und nichts im Leben ist so lästig wie ein halbes Lebenszeichen.

Weil eine richtige Wut war das immer noch nicht, nur das Kribbeln. Jetzt wo ist die richtige Wut? Weil so ein halb taubes Kribbeln, das ist ja kaum zum Aushalten, das ist viel ärger als ein richtiger Schmerz, und bei der Wut ist das genauso, die muss heraus, damit sie zum Aushalten ist.

Und da hat ihm jetzt die Soili wahnsinnig geholfen. Weil der Brenner hat gemerkt, mit jedem Schritt, den sie näher kommt, wird seine Wut auf ihren Mann größer. Wie sie da barfuß zwischen den Oleandersträuchern herüberspaziert. Barfuß im Februar, das ist natürlich nicht streng nach der R-Regel. Weil nach der R-Regel ja noch nicht einmal im April barfuß, wo man auch noch das »r« im Monat drinnen hat. Sondern nach der R-Regel nur von Mai bis August barfuß, weil kein »r« im Monat drinnen, sprich keine Erkältungsgefahr. Aber die Fußbodenheizung hat auf der Terrasse die R-Regel außer Kraft gesetzt.

Jetzt musst du wissen, diese Schneewittchen mit den prächtigen schwarzen Haaren, mit den roten Lippen, mit der weißen Haut, mit diesen dunklen Augen, die man so gut als Rasierspiegel verwenden kann, die sehen oft aus der Distanz besser aus, weil gute Fernwirkung. Wenn sie dann näher kommen, dreht sich der Vorteil wieder um, den das ganze Theater aus der Ferne hat. Weil aus der Nähe merkst du, das ist mir jetzt zu grob, da sind die Poren meinetwegen größer als bei einem Tiefkühlhuhn, und diese Person soll lieber in der Ferne bleiben. Das ist ein bisschen wie bei einem Schauspieler, wenn du den hinter der Bühne siehst, bist du auch enttäuscht, weil Schminke, Schweiß und Kukident, und da hat der Brenner jetzt schon richtig Angst gekriegt, wie die Soili Aschenbrenner zwischen den Oleanderbüschen immer näher gekommen ist, dass er vielleicht dann enttäuscht ist, und er hätte sich gewünscht, dass sie drüben bleibt.

Umgekehrt die blassen Weiber, die sieht man oft aus zehn Metern Entfernung noch gar nicht richtig, weil sie farblich mit der Hauswand verschmelzen. Und wenn so eine farblose Puppe dann auf einmal knapp vor deinen Augen aus dem Nichts auftaucht, ist die oft eins a. Und womöglich hübscher als irgendeine Lollobrigida, der du bis auf fünf Meter noch eindeutig den Vorzug gegeben hättest.

Weil auf fünf Meter war sie jetzt schon heran, die Aschenbrennerin. Die Soili. Und ist immer noch schöner geworden. Er hat es nicht glauben wollen, dass sein Mörder eine Frau hat, die so barfuß gehen kann. Oder waren es auch nur mehr vier Meter. So zwischen vier und fünf Meter müssen es gewesen sein. Mein lieber Schwan. Es hat ja gar nicht geregnet, aber sein Hemd ist an ihm geklebt, Wolkenbruch nichts dagegen. Und nicht nur die Soili mit jedem Schritt schöner, sondern auch die Wut vom Brenner mit jedem Schritt größer. Ihm ist vorgekommen, das ist gar nicht die Frau vom Brigadier Aschenbrenner, es ist seine mörderische Wut, die da auf ihn zuspaziert, und mit jedem Schritt ist die Gefahr größer geworden, dass er dem Brigadier Aschenbrenner ohne Vorwarnung mit der Walther vom Köck ein Loch in den Kopf schießt. Dann wären sie schon drei gewesen mit einer abgeflachten Weltkugel in der Birne.

Und die Soili war noch immer nicht ganz da. Die Wut immer noch größer geworden. Die Soili war noch drei Schritte entfernt, und der Brenner hat gehofft, jetzt und jetzt wird es kippen, sie wird so viel Schminke oben haben, dass man es hört, sie wird Kuhaugen haben, die aus der Nähe ganz leise zu muhen anfangen, hat er noch gehofft, wie die Soili nur noch zwei Schritte entfernt war. Er hat noch gehofft, sie wird Poren haben so groß wie das Arnold-Schwarzenegger-Stadion, wie sie schon nur noch einen Schritt entfernt war, sie wird zu regelmäßige Zähne haben, hat er noch gehofft, wie sie schon das Teeservice mit diesen Händen, auf die er bis zuletzt gehofft hätte, auf den Tisch gestellt hat, er hat sogar noch auf ein Wunder gehofft, wie sie ihn aus einem halben Meter Entfernung, wenn nicht, durch die gebückte Haltung beim Tablett-Abstellen, nur vierzig Zentimetern Entfernung angelächelt hat.

Was soll ich sagen. Das Teeservice hat bestimmt allein mehr gekostet als die 67 000 Schilling, die dem Saarinen das Genick gebrochen haben.

»Wie geht es Ihnen?«, hat das Mädchen, das dem Brigadier Aschenbrenner gehört hat, freundlich gelächelt.

Genau um diese Uhrzeit hat der *GratisGrazer* mehrere aufgeregte Anrufe von seinen Lesern bekommen. Der eine hat behauptet, Großbrand, der andere hat gesagt, Gefahrgutunfall, der dritte hat gesagt, Flugzeug, der vierte hat es auf die Sonne geschoben, oder irgendwo ein Stern vom Himmel gefallen. Aber nicht dass du glaubst, das waren lauter Verrückte. Sondern so ist es eben, wenn hoch oben jemand so ein Lächeln auspackt, dann sieht es unten leicht einmal aus wie Wetterleuchten oder wie ein in die Lichtjahre gekommener Stern, der nicht mehr gut am Firmament angenäht war.

»Gut«, hat der Brenner gesagt. »Gut geht es mir.«

Jetzt wieder das Wetterleuchten.

Und jetzt der Brenner wieder. »Gut, danke. Und Ihnen?«

»Das erzähle ich Ihnen nachher«, hat sie gesagt. »Ich will Sie jetzt nicht stören.«

Und weg war sie. Die Soili. Die Wut nicht weg. Die Soili ist zwar weggegangen, aber sie hat die Wut nicht mitgenommen. Zuerst ist die Wut mit jedem Schritt, den die Soili näher gekommen ist, gewachsen, aber mit jedem Schritt weg vom Brenner ist die Wut erst recht gewachsen, sprich ewig wachsende Wut.

Nur damit du verstehst, warum der Brenner jetzt das mit der Kugel getan hat. Also nicht dem Kripochef hineingeschossen. Obwohl man sagen muss, das wäre dem Aschenbrenner im Nachhinein sicher zehnmal lieber gewesen. Aber der Brenner hat nur die Kugel, die ihm der Professor Hofstätter so schön entfernt hat, aus seiner Jackentasche gezogen.

»Du hast der Zeitung erzählt, dass ihr die Kugel im Kopf vom Köck nicht gefunden habt.«

»Freut mich, dass du schon wieder Zeitung lesen kannst. Das können viele nicht mehr, nachdem sie sich eine Kugel in den Kopf geschossen haben.«

»Das ist sie«, hat der Brenner gesagt und seine eigene Kugel auf das Serviertablett gerollt. »Schön angekratzt von deiner Walther. Und das ist das Messer, mit dem ich es dem Köck herausoperiert habe«, hat er gelächelt und das Skalpell neben die Kugel gelegt.

Am Blick vom Aschenbrenner hat der Brenner sofort erkannt, dass er ihn am falschen Fuß erwischt hat. Weil du darfst eines nicht vergessen. Mit nichts kannst du einen Menschen so fertig machen, als wenn du ihm Beweise für seine eigene Lüge auf den Tisch legst. Unmenschliches Einfühlen Hilfsausdruck. In seinem eigenen Polizeibericht hat der Kripochef geschrieben, dass der Stadion-Mörder die Kugel mit einem Operationsmesser entfernt hat, und jetzt hat der die Kugel derart erschrocken angeschaut, dass es für den Brenner endgültig keine Frage mehr war, wer die Kugel bei den Ermittlungen weggezaubert hat.

»Moment, Brenner. Moment.«

Der Aschenbrenner ist auf einmal so gelb geworden, als hätte sich über sein Gesicht ein zweites, totes Aschenbrenner-Gesicht gestülpt. Dabei hat er schon vorher nicht gut ausgesehen. Weil interessant. Wenn du jahrelang viel Wasser trinkst, lagert sich deshalb kein Alkohol in deinem Gesicht ab, aber wenn du jahrelang viel Alkohol trinkst, lagern sich ganze Schwimmbäder in deinem Gesicht ab. Weil von den verschiedenen Mitteln, die einem helfen, sein wahres Gesicht zu vergessen, kriegt man ganz unterschiedliche zweite Gesichter. Rotwein zweites Gesicht eher weißlich, Kokain zweites Gesicht eher rötlich. Also genau umgekehrt, wie das Mittel selber gefärbt ist. Nur beim Brigadier Aschenbrenner war sich der Brenner nicht ganz sicher, wo er sein Gesicht hergehabt hat, weil farblich sehr ins Gelbliche.

»Moment«, hat der Brigadier Aschenbrenner noch einmal gesagt. »Moment, Brenner. Moment.«

Das hat den Brenner schon damals in der Polizeischule bis aufs Blut gereizt, diese herablassende Art, wie der Aschenbrenner bei jeder Gelegenheit »Moment« gesagt hat. Immer mit dem Namen in der Mitte. »Moment, Saarinen. Moment.« Oder: »Moment, Köck. Moment.« Solche Typen werden Kripochef.

Und ich muss auch sagen, das ist eine ganz eigene Menschengattung, die Moment-Sager, und man soll für jeden Moment im Leben dankbar sein, den man nicht mit einem Moment-Sager verbringen muss.

Aber andererseits. Wenn jemand so frech zugibt, dass er am Tatort herumgeschnüffelt hat, und wenn dir als Kripochef jemand unterstellt, du hättest den Mord selber begangen und dann bei der Ermittlung die Kugel verschwinden lassen, würde dir vielleicht auch einmal ein »Moment« herausrutschen.

»Moment«, hat der Hausherr jetzt noch einmal zu seinem Gast gesagt und geschnauft, als wäre ihm nicht einmal in seinem Paradies die Luft gut genug. »Moment.«

Der Brenner hat sich gewundert, dass der Kripochef seine Nervosität überhaupt nicht verbergen kann. Weil ein drittes, ein viertes, ein fünftes »Moment«, das hat es früher nicht gegeben beim Aschenbrenner. In der Polizeischule hat er es immer nach dem zweiten »Moment« gut sein lassen. »Moment, Brenner. Moment.« So ist das gegangen, und etwas anderes wäre rein rhythmisch gar nicht möglich gewesen, darauf hätte der Brenner jetzt seine Ohren verwettet.

Ich muss sagen, Hut ab, weil sonst der Brenner gar nicht so eine musikalische Superbegabung, dass man sagen müsste, absolutes Gehör auf beiden Ohren, und jede schlecht gestimmte Autohupe treibt den an den Rand des Selbstmordes.

»Wenn ich mich nicht nach der Autohupe vor meinem Küchenfenster umgedreht hätte, wäre ich jetzt dort, wo der Köck ist. Und du könntest dir sagen: Vielleicht geht es den beiden besser als mir.«

»Moment!« Und dann war der Brigadier eine Zeit lang still und hat nachgedacht, und dann: »Moment, Brenner. Moment.«

Und beim nächsten »Moment« hat der Brenner es dann kapiert.

»Moment.«

Weil wenn jemand einen Schlaganfall bekommt, das merkt man nicht immer gleich. Oft merkt es der Betroffene sogar selber nicht. Du bist schon mitten im Schlaganfall und machst noch Pläne. Du freust dich noch auf die Zukunft, obwohl du schon Vergangenheit bist. Du liest noch ein Buch, obwohl der Schlaganfall dir schon das Licht abdreht. Das ist verhext. Du fühlst dich noch gut, aber nur, weil du um eine Sekunde zu sehr in der Vergangenheit lebst.

Jetzt hat der Brigadier Aschenbrenner noch »Moment«

gesagt, wie die Soili schon die Rettung verständigt hat. Der hat noch »Moment« gesagt, wie sie ihn in den Notarztwagen hinuntergetragen haben.

Und ob du es glaubst oder nicht. Der Brenner kein Mitleid. Er hat das Gefühl gehabt, dass er den Kripochef rein mit seiner Wut außer Gefecht gesetzt hat.

Im Nachhinein muss man sagen, mein Gott, warum soll der Brenner nicht auch einmal seine größenwahnsinnigen fünf Minuten haben. Er hat es ja erst viel zu spät verstanden, was den Aschenbrenner so aufgeregt hat, dass er gleich einen Schlaganfall gekriegt hat.

# 7

So schnell kann sich eine Situation umdrehen. Jetzt ist der Kripochef im Koma gelegen, und der Brenner war auf der Suche nach den beiden verschwundenen Zigeuner-Zeugen. Weil was hätte er sonst tun sollen, als die Schlinge um den Hals vom Aschenbrenner enger ziehen, während die Ärzte auf der Intensiv um sein Leben kämpfen.

Möchte man meinen, nichts leichter, als einen Bettler auf der Straße ansprechen, und der Brenner hat das zuerst auch geglaubt. Er hat dann aber gleich gemerkt, dass er eine gewisse Hemmung hat.

Die ersten Tage hat er sich nicht recht hingetraut, und er hat sie zuerst einmal nur beobachtet, da ist der Brenner schön gewandert von Zigeuner zu Zigeuner, Wanderlust nichts dagegen. Weil ich sage immer, lustig ist das Detektivleben, du kannst durch die Stadt spazieren, Murgasse, Sporgasse, Färbergasse, Landhausgasse, Herrengasse, Sackstraße und, und, und, der Zigeuner aber muss fix an seinem Platz knien.

Aber glaubst du, er hätte auch nur einen von ihnen angesprochen? Nichts da. Nur gewandert. Vielleicht ist es ihm auch noch ein bisschen in den Knochen gesessen, dass die letzte Person, mit der er geredet hat, einen Schlaganfall bekommen hat, quasi Unglücksbringer, dass er da womöglich schon ein wahnsinnig schlechtes Selbstbild gehabt hat. Und natürlich Angst, die Zigeuner könnten es ihm ansehen, dass er ein Unglücksbringer ist.

Aber ich sage, man soll nicht immer gleich mit Selbstbild und Unglücksbringerei daherkommen, wenn es genug einfache Erklärungen für etwas gibt. Manchmal geht mir dieses Gerede mit Selbstbild und ding schon auf die Nerven, wo sich die Leute, denen man ihr viel zu gutes Selbstbild schon an der Nasenspitze ansieht, immer über ihr viel zu schlechtes Selbstbild beklagen. Dabei hat ein negatives Selbstbild in den meisten Fällen durchaus seine Berechtigung, und negatives Selbstbild sogar oft das einzig Positive an einem Menschen, und das will er auch noch ablegen.

Der Brenner selber hat gerade in letzter Zeit wieder viele gute Seiten an sich entdeckt, seit er sich fast nur noch mit den Augen der Soili angeschaut hat. Und da hat er mit den Gedanken der Soili über den Polizeischulkollegen von ihrem kranken Mann gedacht: ein interessanter Mann, Geheimnis und alles.

Also warum traut er sich die Zigeuner wirklich nicht anreden? Sehr einfache Erklärung: erstens sprachliche Probleme, zweitens grundsätzliche Scheu vor dem Fremden, drittens geht dich nichts an, viertens, man spricht nicht gern einen knienden Menschen an.

Weil das hat er auf seinen Wanderungen festgestellt. Das Knien hat irgendwie Aggressionen in ihm ausgelöst. Das ist ja beim Betteln allgemein das Interessante, es löst bei allen Beteiligten Aggressionen aus. Der eine ärgert sich, dass er betteln muss, der andere ärgert sich, dass er was hergeben soll. Aber eines ist dem Brenner aufgefallen. Auch bei den Bettlern gibt es solche und solche. Nicht nur bei der Polizei, wo es sehr auffällig ist, der eine ist ein Zweihundertprozentiger, der sich nicht einmal ins Ehebett ohne seinen Pfefferspray legt, der andere ist wieder recht locker und macht seiner Frau nicht einmal die normalen Vorwürfe.

Bei den Bettlern geht es weniger um den Spray, da geht es mehr um die Haltung. Weil manche stellen sich recht demütig hin, und das finde ich in Ordnung, und auf den Gehsteig hinsetzen ist für mich auch kein Problem, Hut auch in Ordnung, Schild in Ordnung, Rechtschreibfehler am Schild in Ordnung, und ich sage, von mir aus, wenn es sehr kalt ist und er den Hut unbedingt aufsetzen will, soll er meinetwegen, wenn es gar nicht anders geht, die Hände ausstrecken, schön zum Teller geformt, dass man ihm da eine Münze in den bettelnden Handteller hineingibt, das ist von mir aus auch noch in Ordnung.

Aber dann ist irgendwann die Mode mit dem Knien aufgekommen. Das ist fürchterlich. Knien fürchterlich, mit den Händen bittebitte machen auch fürchterlich. So einer kriegt von mir keinen Groschen. Der Brenner hat es auch nicht gemocht. Aber das war eben noch seine gute Zeit, wo er noch nicht gewusst hat, dass er bald selber bittebitte machen wird.

Pass auf, bei den Bettlern in der Innenstadt hat er zuerst überhaupt nichts erfahren. Und im Vinzidorf, wo die Bettler und Obdachlosen eine Unterkunft in Graz gefunden haben, sind die beiden Stadion-Bettler auch nicht bekannt gewesen.

Aber der Brenner hat sich dann an die Handleserin erinnert, von der ihm der Tomas erzählt hat, dass sie ihm notfalls seine Vergangenheit aus der Hand lesen kann, falls der Brenner sich nicht mehr daran erinnert.

Er ist dann noch einmal nach Puntigam links hinüber, weit war es ja nicht entfernt von seinem Großelternhaus, und hat den Tomas nach der Adresse gefragt.

Aber der Tomas hat nur gelacht. »Adresse hat die keine. Die wohnt in einem Campingwagen.«

»Und wo finde ich den?«

»Hinter dem Ostbahnhof. Da stehen mehrere Wägen, aber nur einer ist ganz bunt angeschmiert, und in dem wohnt die Mirjam. Das ist noch eine richtige Handleserin. Nicht irgend so eine –« Der Tomas hat blöd gegrinst und eine verächtliche Handbewegung gemacht, quasi: Nicht irgend so eine höhere Tochter, der ihr gutes Haus aufs Hirn gefallen ist, und jetzt macht sie Handlesen.

Du musst wissen, Handlesen, Horoskop, Feng Sushi, das sind heute weit verbreitete Krankheiten, wo man aufpassen muss, dass man sich nichts holt. Da wird viel eingeschleppt durch den Sioux-Tourismus, wo sie extra nach Amerika fliegen, damit sie den Indianern auf den Geist gehen, weil eine Ärztin macht im zweiten Bildungsweg Handlesen, oder ein Bankdirektor ist einfach froh, wenn er weiß, meine Frau ist beim Voodoo gut aufgehoben.

Darum war der Brenner dem Tomas jetzt auch so dankbar für den guten Tipp. Weil eine Grazer Innenstadt-Handleserin wird ihm nicht nur seine Zukunft falsch sagen, die wird ihm vor allem nicht sagen können, wo die Zeugen hin verschwunden sind.

Dann hat er zum ersten Mal seit dem Krankenhausaufenthalt wieder sein Moped aus dem Verschlag hinter der Werkstatt geholt. Gut war das bestimmt nicht für ihn, dass er jetzt schon wieder mit dem Moped gefahren ist. Aber so ist er jetzt am einfachsten zu der Handleserin hinter dem Ostbahnhof hinausgekommen.

Gefunden hat er den Campingwagen leicht, und wie er an die Tür geklopft hat, ist ihm schon so ein komisches Gefühl in die Hand gefahren. Weil im Handteller ist der

Mensch irgendwie verletzlich, du hast die Zukunft drinnen, du hast die Vergangenheit drinnen, und da gibt es in Italien sogar den einen oder anderen Heiligen, der an den hohen Feiertagen blutende Wunden in seinen Händen kriegt wie der reinste Jesus.

Campingbus würde mir auch gefallen, hat der Brenner überlegt, während er ein bisschen fester geklopft hat, weil die Handleserin hat ihren Fernseher so laut aufgedreht gehabt, dass sie ihn nicht klopfen gehört hat. Dass es so was gibt, den Brigadier Aschenbrenner hat er um sein Paradies nicht beneidet, aber die Zigeunerin beneidet er um den völlig vergammelten Campingbus. Weil auf einmal ist ihm eingefallen, warum er nach seiner Rückkehr nach Puntigam in so eine negative Stimmung hineingekommen ist, dass der Dr. Bonati sogar auf die Idee verfallen ist, er wollte sich selber erschießen. Ob du es glaubst oder nicht, das Haus war es, was ihn so deprimiert hat. Das Haus von seinen Großeltern, in das er letzten Herbst wieder eingezogen ist. Weil so ein Haus, das ist unten am Boden angewachsen, und das hat etwas Deprimierendes. Wenn du das nicht verstehst, kann ich dir auch nicht helfen.

Der Brenner hat mit aller Gewalt an die Scheibe gedroschen. Aber siehst du, wenn der Bewohner nicht tot ist, nützt das etwas, weil jetzt hat drinnen jemand den Fernseher abgedreht, und gleich darauf ist die Tür aufgegangen.

Mein lieber Schwan. Er hat sich gefragt, wie die Frau in den Campingwagen hineingekommen ist, weil sie war ungefähr dreimal so breit wie die Tür.

»Äh?«, hat sie gesagt. Aber nicht dass du glaubst unfreundlich, sondern wahnsinnig freundliches »Äh«, wie es überhaupt nur Leute zusammenbringen, die dreimal breiter als ihre Tür sind.

»Handlesen«, hat der Brenner gesagt und ihr alle fünf Finger entgegengestreckt.

»Äh?«

»Zukunft! Vergangenheit!«

»Kost Zwanzga.«

»Zehner«, hat der Brenner gesagt, weil er hat sich gedacht, fünf Euro Vergangenheit, fünf Zukunft, das muss reichen.

Die Zigeunerin hat ihre filterlose Zigarette mit einem einzigen Zug bis zur Hälfte weggeraucht, dass der Brenner beim Zuschauen fast einen Asthmaanfall gekriegt hat.

»Kost Zwanzga«, hat sie geantwortet, ohne dass der Rauch zurückgekommen ist, und der Brenner hat sich gefragt, wo tut die den Rauch hin.

»Fünfzehn.«

»Bist a Jud«, hat die Zigeunerin immer noch gleich freundlich gesagt und ist einen halben Schritt zurückgetreten, quasi Aufforderung an den Brenner: Quetsch dich an mir vorbei.

Wie er auf der anderen Seite von der Zigeunerin herausgekommen ist, war es auch nicht viel besser. Weil der enge Raum war mit so viel Plunder voll gestopft und hat derart nach Rauch gestunken, dass er Beklemmungen gekriegt hat.

»Sitz di«, hat die Zigeunerin gesagt und auf einen zerschlissenen Fauteuil gedeutet, auf dem der riesige Fernseher gestanden ist.

Der Brenner hat den Fernseher schnaufend auf den Boden gestellt, nicht ungefährlich, wenn du mit einer Kopfnarbe so schwer hebst, und dann hat er zugeben müssen, dass er schon lange nicht mehr so gemütlich gesessen ist.

Die Zigeunerin hat sich auf einem kleinen Hocker niedergelassen, der unter ihr völlig verschwunden ist, und zwischen ihnen war ein winziges Klapptischchen, auf das er seine fünfzehn Euro gelegt hat.

»Kost Zwanzga«, hat die Zigeunerin gelächelt und den Filter von einer Marlboro abgebrochen, quasi Eigenmarke Marlboro filterlos.

Der Brenner hat ihr das Geld gegeben, weil schließlich hat er sie ausfragen wollen, und da hat er sowieso damit gerechnet, dass er noch ein bisschen was drauflegen muss, wenn er irgendwas erfahren will.

Das Klapptischchen zwischen ihnen war ebenfalls voll geräumt mit Plunder. Aber nicht dass du glaubst, esoterischer Plunder, wie man es heute in den besseren Haushalten hat, sondern nur der Plunder, der herumliegt, wenn man keinen Platz hat, sprich Wäsche, Jause, Geschirr und ein kleines Jausenmesser mit rotem Plastikgriff und Zackenklinge, weil das sind die billigsten und besten Messer, ich verwende sie selber auch.

Er hat seine Hand auf den Tisch legen müssen, schön die Handfläche unter die Leselampe, und die Zigeunerin hat eine wahnsinnig dicke Brille aufgesetzt, weil die dürfte keine guten Augen gehabt haben. Sie ist ganz sanft mit ihren Fingern über seine Lebenslinie gefahren und hat dabei leise vor sich hin gepfiffen. Das ist dem Brenner schon ein bisschen eigenartig vorgekommen. Normalerweise war er es, der gepfiffen hat, weil alte Gewohnheit, und dann haben die anderen immer gefragt, was pfeifst du da. Aber jetzt auf einmal umgekehrt, und während die Zigeunerin seine Hand untersucht, pfeift nicht er, sondern sie pfeift.

»Was pfeifst du da?«

»*Te me pijav laches rosnes*«, hat die Zigeunerin leise gesungen, ein bisschen melancholisch, aber sehr schön.

»Kannst du mir sagen, was das auf Deutsch heißt?«, hat

der Brenner sie gefragt. Weil er hat sich gedacht, das ist ein guter Einstieg, zuerst ein bisschen persönliches Gespräch, und nachher frage ich sie nach ihren verschwundenen Kollegen. Und Ohrwurm muss ich keine Angst haben, weil mich ja schon das Puntigamer-Lied zum Köck geführt hat.

Und sie wieder in ihrem Singsang: *»Te me pijav laches rosnes, angla mande mire bersa dzan.«*

»Was heißt das auf Deutsch?«

»Kost Zehner«, hat die Zigeunerin gesagt, ohne von seiner Hand aufzuschauen.

»Nicht so wichtig.« Weil der Brenner war jetzt persönlich gekränkt. Da zeigt man Interesse an der fremden Kultur, und dann soll man auch noch zahlen für seine Aufgeschlossenheit.

Ich weiß nicht warum, vielleicht ist eine Handleserin für so etwas doch sensibler, irgendwie dürfte sie ihm seine Gekränktheit angemerkt haben, weil jetzt hat sie es ihm einfach so gratis übersetzt.

Sie hat seine Hand festgehalten und ihm durch ihre dicken Brillengläser in die Augen geschaut, während sie ihm den Text langsam vorgesagt hat wie früher die Sprachlehrerinnen im Fernsehen, besonders die Russin hat mir immer gefallen, aber die Handleserin nicht russisch, die Handleserin zigeunerisch: *»Te me pijav laches rosnes.«*

Und der Brenner hat brav wiederholt, wie er es ja schon von seiner Logopädin gewohnt war: *»Te me pijav –«*

*»– laches rosnes«*, hat die Zigeunerin ihm geholfen.

*»– roses«*, hat der Brenner ein bisschen abgekürzt.

»Genau«, hat die Zigeunerin mit tausend goldenen Zähnen gelächelt und übersetzt: »Wenn ich mir betrinken tu, ich viel traurig.«

»Traurig samma«, hat der Brenner gebrummt.

»Traurig samma«, hat die Zigeunerin wiederholt, weil sie hat geglaubt, der Brenner will ihr Deutsch verbessern. »Wenn ich mir betrinken tu, traurig samma.«

Die Zigeunerin hat dann wieder leise die Melodie gepfiffen und seine Hand untersucht. Der Brenner hat versucht, sich nichts anmerken zu lassen. Erschreckt hat es ihn schon ein bisschen, dass die Zigeunerin ihm seinen Ohrwurm aus der Hand liest. Nur eben auf zigeunerisch, und Zigeunerleben ja immer lustig, darum haben sie wahrscheinlich zum Ausgleich das Bierlied mit traurig.

»Mann auch samma traurig«, hat die Zigeunerin gesagt.

Der Brenner war sich nicht sicher, ob sie es als Frage gemeint hat, oder ob sie das aus seiner Hand gelesen hat. Aber er hat sich gedacht, das ist jetzt vielleicht seine Chance, dass er sie nach den verschwundenen Zigeunern fragt. »Ja, weil zwei Freunde von mir sind verschwunden.«

»Ahhh, musst suchen«, hat die Zigeunerin gelächelt.

»Deine zwei Kollegas, die immer vor dem Stadion gestanden sind. Kannst du mir vielleicht helfen, dass ich sie finde?«

Sie hat getan, als würde sie es nicht hören.

Kost Zehner, wäre für den Brenner jetzt die ideale Antwort gewesen. Oder meinetwegen: Kost Zwanzga. Aber sie hat nur schweigend seine Hand untersucht, das war ihm jetzt wahnsinnig unangenehm. Da war seine Hand immer noch vollkommen unversehrt.

»Ich schulde denen nämlich noch Geld«, hat der Brenner gesagt. »Und jetzt finde ich sie nicht mehr.«

Die Zigeunerin hat immer noch nicht reagiert. Sie hat ihm jetzt ein paar Dinge aus seiner Hand gelesen, zuerst einmal Vergangenheit, da war ihm nicht ganz wohl, Polizeischulgeschichten, Weibergeschichten und sogar Sachen, die er selber nicht mehr gewusst hat, aber wo er zugeben hat müssen, sie sind wahr.

Mein lieber Schwan, das war ihm fast zu viel. Auf einmal ist ihm vorgekommen, dass der Campingwagen noch kleiner geworden ist, dass der Plunder sich noch vermehrt hat, ihm ist vorgekommen, dass die Zigeunerin noch einmal dicker geworden ist. Er hat auf einmal solche Beklemmungen bekommen, dass er gern seine Hand weggezogen und sich verabschiedet hätte.

Aber seine Hand hat sich nicht mehr wegziehen lassen vom Campingtisch. Keinen Millimeter. Die Zigeunerin hat sie so fest gehalten, dass er gleich gewusst hat, jetzt fängt sie mit der Zukunft an, und dann komme ich nicht mehr heraus aus der Zukunft. Das musst du dir einmal vorstellen. Da liegt die Hand vom Brenner mitten auf dem Campingtischchen, auf der einen Seite von der Hand sind gelegen: ein Kugelschreiber, eine schwarze Strickjacke mit so einem durchbrochenen Muster, ein schwarzes Kopftuch, oder war es ein großes Taschentuch, eine angebrochene Packung Studentenfutter, ein in der Mitte zusammengeklebter Aschenbecher, in dem ihre filterlose Marlboro geraucht hat, und auf der anderen Seite eine schmutzige Kaffeetasse und ein kleiner Teller mit Rosenmuster. Und auf dem Teller das Jausenmesser mit dem roten Griff und der scharfen Zackenklinge neben dem Sockel der billigen Leselampe, die ganz langsam immer weiter hinuntergesunken ist und so der Hand vom Brenner immer mehr eingeheizt hat, weil die Hand natürlich direkt unter dem Lichtkegel.

Aber gesehen hat man nur den Handteller und den Daumen. Weil mit ihrer Hand hat die Zigeunerin die vier Finger vom Brenner so fest umklammert, dass er geglaubt hat, Schraubstock. Aber interessant. Weh getan haben ihm nicht die Finger. Weh getan hat es ihm mitten in der Handfläche. Weil die Zigeunerin hat so konzentriert hingestarrt, dass dem Brenner vorgekommen ist, sie brennt ihm mit ihren Augen ein Loch mitten in den Handteller.

»Brena abgraz ibermorgen«, hat sie geflüstert.

»Was?«, hat der Brenner gefragt. Normalerweise soll man ja »wie bitte« sagen, nicht »was«, aber wenn man recht erschreckt, darf man auch einmal »was« sagen.

»Brena abgraz ibermorgen«, hat die Zigeunerin gesagt.

Und vielleicht hat seine Hand auch erst jetzt zu schmerzen angefangen, weil die Zigeunerin diese unvorteilhafte Zukunft herausgelesen hat.

»Das steht in meiner Hand?«

Die Zigeunerin hat ihn ernst angeschaut, da sind sie ja wahnsinnig gut, die Zigeuner, immer mit dem ernsten Blick, und dann hat sie genickt und es noch einmal gesagt: »Brena abgraz ibermorgen.«

Vielleicht sind die Handleserinnen heute auch schon geschult wie die Krebsärzte, dass sie wissen, man muss die Todesnachricht mehrmals wiederholen, sonst vergisst es der Todespappenheimer gleich wieder vor lauter Lebenslust.

Sie hat noch einmal in seiner Hand nachgeschaut, quasi Gegenprobe, und dann hat sie gesagt: »Ibermorgen Brena abgraz.«

Das klingt natürlich fürchterlich, wenn du es von einer Zigeunerin gesagt kriegst. Und wenn du als moderner Mensch zehnmal über einen lachst, den das erschreckt, ich möchte sehen, wie du dreinschaust, wenn dir wer ganz ernst sagt: »Abgraz ibermorgen.«

Da ist dem Brenner schon kurz vorgekommen, ihm rutscht der Kopf noch ein paar Millimeter weiter auf die falsche Seite. Komischerweise hat ihn für den Moment fast weniger erschreckt, dass ihm der Tod vorausgesagt wird. Aber das Pedantische, dass sie es ihm gar so genau vorausgesagt hat, das ist ihm irgendwie gegen den Strich gegangen. So wie betrogene Eheleute gern sagen, wenn er es mir wenigstens anders gesagt hätte. Da klammert man sich oft an den Nebenhorror, wenn man den Haupthorror nicht aushält, und ich sage, warum auch nicht, wenn es wem hilft.

»Brena abgraz ibermorgen halb finf Uhr frih«, hat die Zigeunerin gesagt. Sie hat ihn angelächelt, als wäre das die beste Nachricht auf der Welt.

»Aha«, hat der Brenner gesagt. »Halb fünf Uhr früh.« Ganz wohl ist ihm nicht gewesen, weil halb fünf Uhr früh war für ihn immer schon die schlechteste Zeit, die es auf der ganzen Welt gibt. Bist du die ganze Nacht auf und fröhlich, wirst du um halb fünf auf einmal nachdenklich und siehst deine ganze Angelegenheit im richtigen Licht. Umgekehrt, wenn du um halb fünf aufstehen musst, sowieso Kopfschuss. Jetzt hat er sich immer schon gut vorstellen können, dass es ihn ausgerechnet um diese Uhrzeit einmal zerreißen wird.

»Abgraz«, hat der Brenner genickt. Er hat sich selber gewundert, dass er sich auf einmal sprachlich anpasst, vielleicht dass man in der Todesstunde sogar in seiner eigenen Heimatstadt ein bisschen auf die Ausländerseite wechselt. »Und wie genau abgraz? Steht das auch drinnen in meiner Hand?«

»Zug.«

»Ah, Zug.« Das hat ihm nicht geschmeckt, jetzt hat er es noch einmal sagen müssen. »Zug, sagst du.«

»Zug.«

Du wirst sagen, da hätte der Brenner doch erleichtert sein müssen, wie er kapiert hat, die Zigeunerin will mir nur sagen, ich soll den Zug nehmen, der um halb fünf Uhr früh ab Graz in Richtung Slowakei geht. Er hätte sich freuen müssen über den Tipp, dass die Zigeuner da in ihr slowakisches Heimatdorf fahren, wo seine Zeugen sich seit dem Mord verstecken.

Aber so ist es, wenn dir der Schreck einmal in den Knochen sitzt. Dann kannst du oft nicht so schnell umschalten. Jetzt ist dem Brenner aufgefallen, dass »Zug« ein hässliches Wort ist. Statt sich zu freuen, dass er mit dem Zug nur von Graz abfahren und nicht abkratzen muss, lässt ihn diese Überlegung nicht mehr los. Zug ein hässliches Wort. Nur drei Buchstaben. Vorne ein »Z« und hinten ein »g«. Und in der Mitte ein »u«. Eine gewisse Ähnlichkeit mit dem Wort »Tod«, hat der Brenner sich eingebildet, wo du in der Mitte ein »o« hast, quasi Loch. Dabei hat er da immer noch kein Loch in der Hand gehabt.

Möglich, dass das Loch in seiner Hand schon irgendwo im Weltall herumgeflogen ist, das könnte ich mir vorstellen. Aber das hat noch einen weiten Weg gehabt, frage nicht, bis es dann endlich in der Hand vom Brenner gelandet ist. Da ist dem Brenner vorher noch so viel passiert, dass man sagen muss, das Messer mitten in der Hand dann fast eine angenehme Abwechslung.

# 8

Aber das hat die Handleserin dem Brenner wieder nicht vorausgesagt. Dass er vor der Abfahrt noch einmal die Soili trifft. Und ob du es glaubst oder nicht, die Soili sogar sehr nett zum Brenner, fast ein bisschen ding.

Du musst wissen, der Brenner hat sich in das Sterbezimmer geschlichen, in das sie den Aschenbrenner inzwischen geschoben haben. Er hätte gehofft, dass der Kripochef sich vielleicht doch noch ein Geständnis herauslocken lässt, oder zumindest, dass er sich vielleicht im Koma ein bisschen verplappert. Aber keine Chance, der Brigadier war nicht ansprechbar, und in dem Moment, wo der Brenner schon aufgeben und sich auf den Heimweg machen wollte, kommt auf einmal die Soili herein.

Der Brenner ist erschrocken, wie schlecht die Soili ausgeschaut hat. Er hätte sich nicht gedacht, dass tagelanges Weinen ein Gesicht so mitnehmen kann. Also nicht dass du mich falsch verstehst. Ihr Gesicht hat ihm jetzt fast noch besser gefallen als in der guten Zeit, der Brenner sehr für die schmalen und blassen Gesichter, weil Motto, grob bin ich selber. Aber man hat ihr eben an der Nasenspitze angesehen, dass es ihr gar nicht gut geht. Und dass sie den Brenner im Sterbezimmer antrifft, hat ihre Stimmung auch nicht gerade verbessert. Er hat das Gefühl gehabt, sie ahnt es irgendwie, dass er nicht nur aus alter Freundschaft hier ist.

»Ich lasse Sie gleich allein mit Ihrem Mann«, hat er so scheinheilig gesagt, dass der Aschenbrenner sich im Grab umgedreht hätte, wenn er schon dort gewesen wäre.

Aber die Soili hat gesagt, er soll ruhig hier bleiben, weil ihr Mann freut sich vielleicht, wenn er vertraute Stimmen hört. Und sie selber weiß schon nicht mehr, was sie mit ihm reden soll.

Der Brenner hat natürlich auch nicht gewusst, was er mit ihr im Sterbezimmer reden soll. Er kann ihr ja nicht gut sagen, dass sie ihm mit dem blassen Gesicht und der roten Nase und den Ringen unter den Augen fast noch besser gefällt als in Wirklichkeit. Darüber hätte sie sich ja garantiert nur geärgert.

»Ich bin total verkühlt«, hat die Soili gesagt.

Weil sie muss es doch gemerkt haben, dass der Brenner ihr so auf die rote Nase gestarrt hat. Da darf man ihm nicht böse sein, der menschliche Blick geht am liebsten auf die vorspringenden Teile, das ist ein Naturgesetz, und wenn sie dann noch rot sind, ist der Mensch sowieso wehrlos.

Jetzt hat es aber die Natur beim Mann so eingerichtet, dass ihm das Naturgesetz einen recht blöden Blick verleiht. Ich sage ja immer, da wäre so ein Herrenhut mit einem Schleier die beste Lösung für beide Seiten, weil man sieht dann seine Augen nicht. Aber leider die Ungerechtigkeit, weil es gibt nur Damenhüte mit Schleier, und die Damen dürfen beim Begräbnis ihre verheulten Augen verstecken. Dabei sind verheulte Augen nicht halb so schlimm wie der Naturgesetzblick.

Und damit wären wir wieder bei der Soili, mit der es die Natur so gut gemeint hat, dass sie mit verheulten Augen und Rotznase sogar noch hübscher geworden ist. Aber nein, es darf trotzdem nicht sein, und wenn sie schon mit ihren verheulten Augen vom Brenner gesehen wird, dann streitet sie es zumindest ab, und: Ich bin total verkühlt.

Jetzt, was antwortet man auf so eine blöde Ausrede, wenn man die ganze Situation nicht noch zehnmal peinlicher machen will? Keine leichte Aufgabe, aber der Brenner ohne langes Überlegen: »Kein Wunder, wenn Sie in einem R-Monat barfuß gehen.«

Das war natürlich in dieser verzwickten Situation schon eine eins a Antwort, ich muss ehrlich sagen, mir wäre das nicht eingefallen. Der Brenner hat sich natürlich gefreut, wie der Soili ein leichtes Lächeln ausgekommen ist bei seiner Antwort, frage nicht.

Du wirst sagen, im Sterbezimmer flirtet man nicht mit der Frau des Sterbenskranken, das gehört sich nicht. Und der Brenner hätte das auch jederzeit unterschrieben. Ist ja auch wirklich wahr, über so eine Selbstverständlichkeit braucht man gar nicht reden, Sterbezimmer ist zu früh.

Man kann vielleicht beim Leichenschmaus anfangen mit den ersten Komplimenten, man kann, wenn es sein muss, vielleicht während dem Begräbnis die Witwe ein bisschen fester stützen als unbedingt notwendig, dass man ihr, während die Totengräber den Sarg hinunterlassen, vielleicht den Arm ein bisschen um die Taille gleiten lässt, damit sie nicht zusammenklappt, man kann meinetwegen sogar, wenn viel Konkurrenz da ist, schon bei den Begräbnisvorbereitungen mit Rat und Tat zur Seite stehen, dass man, falls der Leichnam im Haus aufgebahrt ist, die Totenwache bis tief in die Nacht hinein hält. Und allerfrühestens kann man in Ausnahmefällen vielleicht auch einmal in dem Moment anfangen, wo die Witwe ihrem Mann zärtlich die Augen schließt, dass man sie unterstützt, und während sie mit dieser sanften Bewegung über seine Augen streicht, kann man da gleichzeitig mit einer noch sanfteren Bewegung quasi helfend über ihre Hand streichen, das ist für meinen Geschmack das früheste. Aber Sterbezimmer, wo noch immer eine gewisse Hoffnung besteht, das ist schon ein bisschen ding.

Und der Brenner hätte das auch nie getan. Nicht einmal beim Aschenbrenner. Zuerst war es überhaupt nur aus der Verlegenheit heraus, weil er vor der Soili verschleiern wollte, warum er eigentlich da war. Es war ihm wichtig, dass die Soili keinen Verdacht schöpft, deshalb hat er sich so angestrengt, dass er die richtigen Antworten gibt. Vielleicht nicht nur, das gebe ich schon zu. Natürlich, gefallen hat es ihm schon, dass er die Soili mit seinem Kommentar über das Barfußgehen so schön zum Lächeln gebracht hat, das ist klar, das wäre jetzt wieder übertrieben, wenn ihn das nicht einmal ein bisschen freuen dürfte.

Und trotzdem dürfte der Brenner ein bisschen schuldbewusst geschaut haben, weil die Soili hat auf einmal, also ich muss schon fast sagen, zärtlich gesagt: »Sie dürfen sich kein schlechtes Gewissen machen.«

»Das ist leichter gesagt als getan«, hat der Brenner geantwortet, weil wenn du einmal mit dem Lügen angefangen hast, ist es oft schwer, dass du wieder herausfindest, und damit du nicht ins Schleudern kommst, heißt es dann: nur nicht bremsen.

»Der Erwin war schon längere Zeit krank. Darum war er ja daheim, weil es ihm nicht gut gegangen ist.«

»Ich mache mir schon Vorwürfe«, hat der Brenner gesagt. »Ich hätte unseren ermordeten Polizeischulkollegen nicht erwähnen sollen. Das hat ihn wahnsinnig aufgeregt.«

Die Soili hat gleich wieder gegen die Tränen angekämpft. Bei der hat es im Moment wirklich wenig gebraucht, damit sie die Fassung verloren hat.

»Und jetzt fang ich schon wieder damit an«, hat der Brenner gesagt. »Reden wir lieber von was anderem.«

Siehst du, sie hätten sich schon Mühe gegeben, dass sie ein angemessenes Gespräch führen. Eine sachliche Konversation. Über den Sterbenden reden, über die Schuldgefühle, was man da eben so macht, damit man nachher erhobenen Hauptes sagen kann, wir haben im Sterbezimmer keine zu persönlichen Gespräche geführt.

Aber ich sage immer, wenn es zwischen Mann und Frau einmal so weit ist, dass sich ein gewisses dings entwickelt hat, da kannst du machen, was du willst, es lässt sich nicht wegheucheln. Da kannst du Gespräche und Themen zwischen die beiden schieben, so viel du willst, bei der ersten Gelegenheit ist es wieder da. Das musst du dir vorstellen wie ein ganz leises Surren, das man nicht hört, solange geredet wird, aber kaum wird es still, wieder das Surren.

Du musst wissen, das ganz leise Surren der Sterbe-Apparaturen vom Aschenbrenner ist ihnen wahnsinnig laut vorgekommen, wenn sie nicht geredet haben. Und da darf man ihnen nicht böse sein, dass sie das Surren übertönen wollten. Mit netten Gesprächen, ist ja nichts dabei im Grunde. Manchmal hat der Aschenbrenner ein bisschen aufgeschnauft, vielleicht dass er es doch mitgekriegt hat, wie gut die beiden sich unterhalten haben, ein versuchter Protestschrei, aber eher würde ich sagen, er hat nichts mitgekriegt, sondern rein körperlich, dass man als Schlaganfallpatient hin und wieder ein bisschen aufstöhnt.

»Der Erwin hat mir viel von Ihnen erzählt«, hat die Soili gelächelt.

»Das war bestimmt alles nicht wahr.«

»Dass Sie früher immer zu den Bänken am rechten Mur-Ufer gegangen sind. Nie zu denen am linken.«

»Was?«

»Mit den Mädchen.«

Unglaublich, das hat nicht einmal die Handleserin in seiner Vergangenheit gesehen. Und der Brenner selber hat das auch komplett vergessen gehabt. Aber in dem Moment, wo er sieht, wie die Soili errötet vor lauter Schreck, sie könnte zu weit gegangen sein, fällt es ihm wieder ein.

»Daran kann ich mich beim besten Willen nicht erinnern. Früher waren da ja überhaupt keine Bänke.«

Ich muss sagen, rein sachlich hat der Brenner da nicht Unrecht gehabt. Zu seiner Zeit hat es eine Mur-Promenade in dem Sinn noch gar nicht gegeben. Aber trotzdem natürlich eine so faule Ausrede, dass die Soili aus dem Grinsen nicht mehr herausgekommen ist. Pass auf, sogar zu meiner Zeit sind wir am Abend schon gern zur Mur hinuntergegangen, weil Promenade vielleicht noch nicht, aber Grazer Mädchen natürlich immer schon eins a.

Und der Brenner hat eben damals in dem Aberglauben gelebt, dass man bei einer Frau höhere Erfolgschancen hat, wenn man mit ihr nach dem Kino am rechten Mur-Ufer spazieren geht. Wenn du auf einer Bank am rechten Mur-Ufer geschmust hast, ist sie hundertprozentig mit dir heimgegangen, linkes Mur-Ufer gemischt, fünfzig, sechzig Prozent, einmal mit heimgegangen, einmal: so weit sind wir noch nicht. Oder linkes Mur-Ufer geschmust, dann zuerst mitgegangen, aber in letzter Sekunde im Bett: lieber doch nicht. Ich bin noch nicht so weit, mein Gefühl sagt es mir anders, das Horoskop ist dagegen, tausend Ausreden, wenn man auf der falschen Mur-Seite angefangen hat. Rechtes Mur-Ufer geschmust, immer gemähte Wiese.

Aber interessant. Damals hat der Brenner seine Beobachtung herumerzählt, ohne rot zu werden. Und ich glaube nicht, dass der Brenner seit der Zeit überhaupt einmal rot geworden ist, weil erstens hat er sowieso ein bisschen eine rötliche Haut gehabt, da hat man es auch nicht so gemerkt, und zweitens war ihm nicht so schnell etwas peinlich, weil Motto: Warum soll mir das jetzt peinlich sein. Aber mitten im Sterbezimmer schaut die Soili ihn derart frech an, dass der Brenner richtig froh war über das Dämmerlicht im Sterbezimmer, weil er hat gespürt, wie ihm die Hitze ins Gesicht gestiegen ist.

Und vielleicht war es sogar eine gewisse Abwehr, eine Feigheit, dass er ausgerechnet in dem Moment wieder zu detektivischen Gedanken zurückgekehrt ist. Weil natürlich: Wenn sie das weiß, vielleicht weiß sie über den Banküberfall auch Bescheid. Womöglich Ironie des Schicksals, und er erfährt jetzt noch von der Soili das, was er eigentlich aus ihrem Mann herauskitzeln wollte, quasi zwei Fliegen auf einen Schlag.

»Damals haben wir viel Blödsinn gemacht«, hat er gesagt.

»Das kann ich mir vorstellen.«

Das hat eher so geklungen, als wüsste sie nichts.

»Zum Teil haben wir Sachen gemacht, wo ich heute sage, das war nicht mehr gescheit.«

»Ja, haben wir doch alle, oder?«, hat die Soili gesagt.

»Ach so?«

»Ich hab in meiner Jugend auch einiges ausgefressen«, hat sie gelächelt.

Und in dem Moment, wo der Brenner schon geglaubt hat, jetzt geht es los mit dem Vertrauensverhältnis, öffnet sich die Zimmertür einen Spalt breit, und eine braune Einkaufstasche kommt durch die Tür, ein brauner Mantelarm kommt durch die Tür herein, ein nervöses Gehüstel und

Geraschel kommt durch die Tür herein, ein Zitronenduft kommt durch die Tür herein, ein zweiter Mantelarm mit einem Schirm kommt durch die Tür herein, ein Geklapper und Genuschel kommt durch die Tür herein, ein weißhaariger Frauenkopf kommt durch die Tür herein, und schließlich und endlich kommt ungefähr eine halbe Stunde nach dem ersten Luftzug die ganze ältere Dame herein.

Der Brenner hat geglaubt, es wird eine Tante oder eine ältere Schwester vom Aschenbrenner sein. Weil die Mutter vom Aschenbrenner ist ja schon gestorben, wie er noch in der Polizeischule war. Das hat er so genau gewusst, weil es ungefähr zu der Zeit war, wo seine eigene Mutter in Berlin gestorben ist, weil die hat nach dem Tod ihres Mannes in Berlin noch einmal ganz neu angefangen, ob du es glaubst oder nicht, Putzfrau in einem Hallenbad, und da hat es geheißen, die Dämpfe waren vielleicht der Grund, dass sie schon mit dreiundfünfzig gestorben ist.

»Aber Mama!«, hat ihn die ärgerliche Stimme der Soili aus seinen Gedanken gerissen. »Ich hab dir doch gesagt, du brauchst nicht jeden Tag kommen.«

Jetzt natürlich Mama immer schlecht. Besonders wenn du als Brenner gerade eine wichtige Besprechung mit der Tochter hast. Und besonders, wenn die Mama so mit dem kränklichen Ehemann sympathisiert, dass sie ihn jeden Tag im Sterbezimmer besucht, aber den Kollegen Brenner gar nicht richtig bemerkt.

»Das ist der Herr Brenner, ein Kollege vom Erwin. Meine Mutter«, hat die Soili die beiden vorgestellt.

»Grüß Gott, Brenner. Sehr erfreut«, hat der Brenner gesagt und ihr die Hand hingestreckt.

Du wirst sagen, »sehr erfreut« untypische Freundlichkeit für den Brenner. Und so etwas rutscht dir natürlich am ehesten mitten im schönsten Zwiespalt heraus. Weil einerseits war er natürlich überhaupt nicht erfreut über die Störung, ganz klare Sache. Aber wieder das mit den Gefühlen. Wo man oft mitten im einen Gefühl ein anderes hat. Weil mitten in dem privaten »nicht erfreut« hat er eben doch ein winziges detektivisches »erfreut« gehabt, sprich Hoffnung: Vielleicht rutscht der Mutter etwas über den Schwiegersohn heraus.

»Grüß Gott, Maric«, hat die alte Frau gesagt und gleich einen Verbündeten gegen die Tochter gesucht. »Meine Tochter möchte nicht, dass ich meinen Schwiegersohn besuche.«

Die Soili hat die Augen verdreht wie die reinste Hauptschülerin.

»Aber was sagen Sie? Es ist bestimmt gut für ihn, wenn er viel Besuch kriegt. So was spürt man doch auch im Koma.«

»Bestimmt«, hat der Brenner gesagt und der Soili gleichzeitig ein bisschen zugezwinkert, quasi: Mach dir nichts draus.

»Ich hab ihm ein paar Orangen mitgebracht«, hat die nervöse Frau Mutter jetzt wieder zur Soili hingeflüstert, »und einen Kuchen hab ich ihm gemacht und ein paar Kekse.«

»Du weißt aber schon, dass er künstlich ernährt wird.«

»Eben«, hat die Mutter gesagt. »Er muss wenigstens ein richtiges Essen um sich haben, damit er wieder einen Appetit kriegt.«

Die Soili hat wieder die Augen verdreht, das dürfte schon so eine Art Reflex bei ihr gewesen sein. Ihr war das natürlich peinlich vor dem Brenner, und an und für sich hätte er das bestimmt mit einer gewissen Bosheit genossen, aber blöderweise war ihm die ganze Situation noch peinlicher als ihr. Weil die kuchenbackende Schwiegermutter vom Aschenbrenner dürfte ungefähr im Alter vom Brenner gewesen sein, und sie hat jetzt auch noch gesagt:

»Sie kommen mir so bekannt vor.«

Bei der Soili schon wieder die Augen am Plafond, das hat wahnsinnig gut ausgesehen, wenn die genervt die Augen verdreht hat, jetzt hat der Brenner wenigstens nebenbei auch seine Freude gehabt, siehst du, das war schon wieder so ein kleineres Gefühl mitten in einem größeren Meer aus Peinlichkeit.

»Mama, dir kommt jeder Mann bekannt vor.«

Die Frau Maric hat gelächelt. »Meine Tochter schämt sich immer für mich. Aber ich kann mir nicht helfen, irgendwie kommen Sie mir so bekannt vor.«

»Der Herr Brenner ist erst vor einem halben Jahr nach Graz gekommen.«

»Ja, woher kommen Sie denn?«

»Ich bin aus Wien«, hat der Brenner gelogen, quasi Rufselbstmord. Aber er hat es eben getan, weil er sich gedacht hat, dann ist mir die Soili wirklich was schuldig, wenn ich so weit für sie gehe.

»Ich weiß schon, warum«, hat die Frau Maric auf einmal eine Erleuchtung gehabt. »Sie erinnern mich ein bisschen an den Vater von der Soili.«

»Mama!«

»Aber Sie brauchen keine Angst haben«, hat die Frau Maric gekichert, »der ist ja schon lange tot.«

Dem Brenner ist aufgefallen, dass der Zitronenduft der Frau Maric sehr stark in Richtung Zitronenlikör gegangen ist, und wahrscheinlich war sie deshalb so mitteilsam, dass ihre Tochter sich vor Peinlichkeit gewunden hat.

»Der Erwin freut sich bestimmt, wenn du ihm noch ein bisschen Gesellschaft leistest«, hat die Soili zu ihrer Mutter gesagt und gleichzeitig schon ihren Mantel angezogen und ihre Tasche geschnappt. »Ich müsste eigentlich schon längst weg sein.«

Pass auf, das ist wirklich interessant. Männer können das nicht, aber Frauen können das. Auf so eine Art aufstehen und ihre Tasche nehmen und zur Tür gehen, dass du als Mann sofort weißt, wenn du nicht sofort aufhüpfst, hast du verloren.

Draußen hat die Soili sich dann zehnmal beim Brenner für die Aufdringlichkeit ihrer Mutter entschuldigt. »Es ist unglaublich«, hat sie verlegen erklärt. »In letzter Zeit macht meine Mutter alle Männer an, die ihr unterkommen. Immer mit derselben Masche, dass sie wie mein verstorbener Vater sind.«

»Ihre Jugendsünden müssen Sie mir jetzt leider ein anderes Mal erzählen«, hat der Brenner gesagt.

Die Soili hat vorgeschlagen, er soll doch am Abend in ihrem Lokal vorbeischauen. Weil ob du es glaubst oder nicht, ihr hat die beste Bar in Graz gehört, das Pasolini. Und sie hat ihm jetzt erzählt, dass sie das Lokal vor ein paar Jahren von ihrer Mutter übernommen hat, und ein bisschen hat sie es schon durchklingen lassen: Wer ihre Pasolini-Bar nicht kennt, lebt auf dem Mond, weil wichtigster Treffpunkt der Stadt.

Vielleicht war es dem Brenner doch ein bisschen peinlich, dass er ihre Wichtige-Leute-Bar nicht einmal vom Hörensagen gekannt hat. Weil warum sonst hätte er, bevor die Soili in ihren blauen Fiesta gestiegen ist, noch derart angegeben, was er früher für ein großer Kinogänger gewesen ist, quasi mit dem Pasolini auf du und du.

Und das war nicht einmal gelogen. Du musst wissen, er ist irgendwann als junger Mann draufgekommen, dass bei den Frauen, also bei den damaligen Frauen muss ich sagen, ein Problemfilm eine weitaus bessere Wirkung gehabt hat als zum Beispiel ein richtiger Film. Manche waren nach einem dreistündigen Problemfilm sogar zugänglicher als nach einem dreistündigen Barbesuch, und da ist die Kinokarte ja wesentlich billiger gekommen. Einziger Nachteil, dass der Brenner oft nach einem Problemfilm selber keine rechte Lust mehr gehabt hat und noch einen doppelt so langen Barbesuch gebraucht hat, um den Problemfilm zu vergessen.

»Dann sehen wir uns vielleicht heute Abend«, hat die Soili zum Abschied gesagt.

»Wenn mir nichts dazwischenkommt, auf alle Fälle.«

Das hat er nur so gesagt, ohne sich viel dabei zu denken. Er war sicher, dass ihm nichts dazwischenkommt. Und da sieht man wieder einmal, was für eine Gnade es ist, dass wir die Zukunft nicht zu genau kennen. Weil der Brenner hat sich dann gewundert, was ihm wirklich in seinem Leben alles dazwischengekommen ist, bis er die Soili das nächste Mal gesehen hat.

# 9

Fast hätte der Brenner seinen Frühzug versäumt, so frustriert war er vom stundenlangen Herumstehen im Pasolini. Der Alkohol hat ihn nicht traurig gemacht, aber die präpotenten Stimmen der jugendlichen Supergrazer haben ihn schon ein bisschen traurig gemacht.

Dafür, dass die Soili nicht aufgetaucht ist, haben die tätowierten Idioten zwar auch nichts gekonnt, aber andererseits, an irgendwem muss man sich abreagieren. Und wenn der Brenner den wasserstoffblonden Angeber nicht an seinen öligen Haarstacheln bei der Tür hinausgeführt hätte, wäre er selber auch nicht an die frische Luft und bestimmt nicht mehr rechtzeitig zum Bahnhof gekommen. Und so ist er doch wieder schön in die Zukunft hineingestolpert, die ihm die Handleserin vorausgesagt hat.

Weil das ist das Gefährliche am Handlesen, am Zukunft-Voraussagen. Zuerst nimmt man es vielleicht nicht ganz ernst, und dann, wenn es zu spät ist, kommt man drauf, jetzt kann ich nicht mehr heraus aus meiner Zukunft. Und vor allem, du weißt nie genau, wo hat die Handleserin Recht und in welchen Punkten hat sie sich getäuscht. Weil alles richtig, das bringt nicht einmal die beste Handleserin zusammen.

Dass der Zug kurz nach halb fünf abgefahren ist, da hat sie Recht gehabt. Aber gut, das ist nicht so ein Kunststück, das sagt sogar die Bahn oft auf ein, zwei Stunden genau voraus. Das heißt noch lange nicht, dass die Handleserin mit dem anderen auch Recht hat, weil sie hat ihm gesagt, in Hostice in der Ost-Slowakei findet er dann nach acht Stunden Zugfahrt die zwei Cousins. Angeblich in den letzten Wochen gut verdient, Hilfsarbeiten für den Stadion-Hausmeister, jetzt müssen sie eine Zeit lang nicht betteln kommen. Gut verdient kann schon stimmen, hat der Brenner überlegt, wenn es die richtigen Hilfsarbeiten waren. Aber es hätte ihn interessiert, ob die Handleserin wirklich nicht gewusst hat, dass die beiden sich nicht mehr nach Graz getraut haben, weil sie als Mordzeugen Angst um ihr Leben gehabt haben.

Pass auf: Die Voraussage der Zigeunerin, dass der Brenner den Zug um halb fünf Uhr früh nehmen wird, ist hundertprozentig eingetroffen. Und dass einer der Waggons mit drei Kreidestrichen markiert sein wird, ist auch eingetroffen. Und dass der Zug schon eine Stunde vorher am Bahnhof gewartet hat, ist auch eingetroffen. Und dass man einen besseren Platz kriegt, wenn man früh genug einsteigt, mein Gott, dafür muss man keine Handleserin sein, das stimmt immer. Und der Brenner sowieso erst in letzter Sekunde angerauscht.

Platz hat er trotzdem noch einen guten bekommen. Weil das hat sie in ihrer Vorhersage wieder nicht drinnen gehabt, dass es ein Güterzug war. Ausgerechnet ein Müllwaggon, weil heute ist es immer so eine Frage, wohin mit dem Müll, jetzt gewisse Geschäftsleute ganz tüchtig, und die sagen, hauen wir ihnen den Müll über die Grenze hinüber. Und der Brenner hat jetzt auch nicht lange überlegt, und hau ich mich eben in den Müllwaggon hinein.

Reisen in einem vollkommen finsteren Müllwaggon hat natürlich viele Vorteile, weil du musst keine Gespräche mitanhören, du musst keine Schüler ohrfeigen, du musst keiner Tratschtante das Handy wegnehmen und höflich sagen, beim Aussteigen kriegst du es wieder, und du musst auch keine Angst haben, dass sich jemand mit dir unterhalten möchte.

Aber ich will jetzt auch nicht zu viel schwärmen vom Müllwaggon. Der hat auch seine Nachteile. Du siehst nichts, du weißt nicht, ob außer dir noch jemand da ist, du musst Angst haben, dass du über irgendwas oder irgendwen stolperst und dir den Schädel einschlägst, und, und, und.

Jetzt hat der Brenner sich einfach auf der erstbesten freien Fläche, die er ertastet hat, hingelegt. Er hat in die Dunkelheit gestarrt und versucht, sein Zittern zu unterdrücken. Aber es hat nichts genützt, weil wenn er sich mit der Kälte angefreundet hat, ist die Angst stärker geworden, und wenn er sich mit der Angst angefreundet hat, ist wieder die Kälte stärker geworden.

Beruhigt hat er sich erst wieder, wie der Zug losgefahren ist. Jetzt hätte er sogar lautstark zittern und singen und pfeifen dürfen, jetzt hätte er sogar vor Angst schreien können, und niemand hätte etwas gehört. Weil wenn so ein Güterzug einmal halbwegs eine Geschwindigkeit hat, das ist ein Lärm, das hat mit dem Gehörsinn überhaupt nichts mehr zu tun. Das musst du dir vorstellen, wie wenn du dir eine Kugel in den Kopf schießt, aber nicht nur ein einziges Mal, sondern hundertmal pro Sekunde.

Aber ob du es glaubst oder nicht: Eingeschlafen ist der Brenner trotzdem sofort. Erstmals seit er aus dem Koma erwacht ist, hat er wieder gut geschlafen. Besser geschlafen als ein Neugeborener, wo es immer heißt, dass die so gut schlafen, weil die Neugeborenen ja fürchterlich desinteressiert an der Welt, die verschlafen ihre beste Zeit, weil ich glaube fast, unsere schöne Welt kommt diesen halbblinden Würmern ungefähr vor wie ein finsterer Müllwaggon.

Jetzt was ist besser als neugeboren? Besser als neugeboren ist tot. Weil sonst immer das Problem mit dem Aufwachen.

»Brenner!«, ist ihm eine Stimme in den Schlaf gefahren, dass er geglaubt hat, die Schwester Corinna hat sich zu ihm auf den Müllwagen geschlichen.

Und siehst du, so daneben ist der Brenner damit gar nicht gelegen. Weil wie er endlich die Augen aufgekriegt hat, grinst ihn der Tomas an. Die drei anderen Zigeuner haben auch gegrinst, aber ohne Zähne. Manche Zigeuner haben Goldzähne, aber viele Zigeuner haben nur Zahnlücken, weil da gehen die Zähne bei den Zigeunern oft schon früh auf Wanderschaft. Auf die Goldzähne sind die Nichtzigeuner immer wahnsinnig neidig, frage nicht, aber auf die Zahnlücken sind nicht einmal die allergrößten Neidhammel neidig. Obwohl. Auf dieses Lächeln hätte man schon neidig sein können, weil die haben sich gerade wahnsinnig amüsiert.

»Du schläfst ja wie ein Säugling«, hat der Tomas gegrinst.

»Was tust denn du da?«

»Meine Tante hat gesagt, du brauchst einen Reiseleiter.«

»Was für eine Tante?«

»Die Handleserin.«

»Das ist deine Tante?«

Der Tomas hat ihn angezwinkert, quasi: Jetzt traust dir nicht sagen, dass ich dann ja auch ein Zigeuner bin.

»Dann bist du ja auch ein Zigeuner«, hat der Brenner gesagt, weil er war jetzt im Aufwachen noch nicht so schnell, dass er das Zwinkern gleich richtig eingeordnet hätte.

Der Tomas hat böse geschaut. Aber nicht wegen dem blöden Kommentar vom Brenner, sondern er hat etwas gesehen, was die anderen noch nicht gesehen haben.

»Wieso fährt der Zug nicht?«, hat der Brenner gefragt.

»Wir stehen schon seit einer halben Stunde. Aber weißt du, was noch schlimmer ist als stehen?«

Der Brenner keine Antwort. Gleich beim Aufwachen mit Fragen traktiert werden, das hat sogar zu den schlimmsten Dingen gehört, die er sich vorstellen konnte.

»Gehen«, hat der Tomas den fragenden Blick vom Brenner beantwortet und mit seinem Kopf hinter den Brenner gedeutet.

Weil hinter dem Rücken vom Brenner ist gerade ein Bahnarbeiter in den Waggon geklettert, und der hat sie natürlich alle miteinander vom Zug gejagt, ja was glaubst du.

Ich muss aber fast sagen, dass das für den Brenner zuerst einmal ein Vorteil war. Weil kaum waren sie herunter vom Zug, haben ihm die drei schweigsamen Zigeuner, die nicht Deutsch gesprochen haben, etwas aus ihrer Flasche angeboten, sprich Verbrüderung.

»Du trinkst nichts?«, hat der Brenner den Tomas gefragt.

»Ich soll keinen Alkohol mehr trinken.«

»Fängst ja schon früh damit an.«

»Mit dem Anfangen hab ich aber auch früh angefangen.«

Der Brenner hat einen wahnsinnigen Durst gehabt, und drei Stunden Fußmarsch, wenn ihm das jemand vorausgesagt hätte, ich glaube, der Brenner hätte es gelassen. Soll der Mörder frei herumlaufen, drei Stunden zu Fuß, das ist nicht lustig. Nach zwei Stunden haben ihm die Füße so wehgetan, dass er zu hinken angefangen hat.

»Am liebsten würde ich meine Schuhe ausziehen«, hat er gejammert.

»Dafür ist es noch zu kalt«, hat der Tomas gesagt.

»Jaja, ist ja auch noch ein R-Monat jetzt.« Und wie ihn

der Tomas recht verständnislos anschaut: »Bei uns sagt man, in einem R-Monat soll man grundsätzlich nicht barfuß gehen. Auch wenn es schon warm ist.«

Der Tomas hat gelacht. »Ich kenne diese Regel. Aber nicht mit barfuß.«

»Sondern?«

»Mit Muscheln.«

Der Brenner hat geglaubt, der verarscht ihn, aber der Tomas hat ihm erklärt: »Die Schwester Vanessa hat mir das einmal gesagt. Nur in R-Monaten soll man Muscheln essen. In Nicht-R-Monaten ist es zu warm für Muscheln. Hast du schon einmal eine Muschelvergiftung gehabt?«

»Gibt es in eurer Sprache überhaupt R-Monate?«, hat der Brenner gefragt.

»Wir essen immer Muscheln«, hat der Tomas gegrinst.

Sie sind dann eine Weile stumm nebeneinander hergegangen, und nach einer Weile hat der Tomas zum Brenner gesagt: »Meine Tante hat gesagt, sie will dich vorher anschauen, bevor wir dich zu meinen Cousins führen.«

»Jetzt verstehe ich, warum die so viel über meine Vergangenheit gewusst hat.«

Der Tomas hat gelacht. »Die liest schon selber auch viel heraus. Aber ein bisschen was hab ich ihr schon erzählt. Du hast mich ja die ganze Zeit mit deinen Erinnerungen genervt. Polizeischule. Viel Moped. Wenig Mädchen«, hat der Tomas gelacht.

»Dir erzähl ich noch einmal was.«

»Meine Cousins haben manchmal für den Köck gearbeitet. Manchmal hat er sie im Stadion schlafen lassen. Und sie haben gesehen, wie du in der Früh auf dein Moped gestiegen bist. Am Abend hat der Köck ihnen dann erzählt, dass du dir in den Kopf geschossen hast.«

»Dir erzähle ich noch einmal was«, hat der Brenner noch einmal gesagt.

»War gut, dass du mir so viel erzählt hast, darum weiß ich, dass du meinen Cousins helfen willst. Sie haben Angst.«

»Vor wem? Vor dem Mörder oder der Polizei?«

»Vielleicht vor beiden«, hat der Tomas gesagt.

Der Brenner hat dann im Gehen ein bisschen vor sich hingepfiffen, aber keine Reaktion vom Tomas. Jetzt der Brenner: »Kennst du das Lied nicht?«

»Doch«, hat der Tomas gesagt. »Darum trinke ich ja nichts mehr. Weil ich auch traurig werde vom Trinken. Es gibt wirklich viel bessere Drogen. Und dieses Lied gefällt mir so oder so nicht.«

»Wieso nicht? Ich hab es von deiner Tante.«

»Ja und? Müssen deshalb alle Zigeuner diese Musik mögen? Ihr hört ja auch nicht dauernd Volksmusik, oder?«

Jetzt ist der Brenner sich direkt ein bisschen ertappt vorgekommen. »Wir hören dauernd ›Lustig samma, Puntigamer‹, und ihr hört dauernd ›Traurig samma, Puntigamer‹.«

»Genau.«

»Welche Musik magst du denn?«, hat der Brenner gefragt.

»Jimi Hendrix.«

Mein lieber Schwan. Der Brenner hat nicht recht gewusst, ob er jetzt sagen soll, ich auch, oder ob das total blöd klingt.

»Ich auch«, hat er gesagt. Aber er hat gleich gemerkt, der Tomas glaubt es ihm nicht. »Du schaust ihm sogar ein bisschen ähnlich.«

»Aber mehr dem frühen Jimi Hendrix«, hat der Tomas gesagt. »Der alte ist mir ein bisschen zu kindisch.«

»Die falschen Drogen«, hat der Brenner gesagt.

»Vielleicht.«

»Das war aber schon eine super Zeit.«

Der Brenner hat sich ein bisschen geärgert, dass der Tomas nicht recht auf das Gespräch einsteigt, jetzt hat er das mit der Zeit gesagt, quasi, ich war persönlich dabei.

Aber es hat sich kein Gespräch entwickelt, der Tomas hat sich ein bisschen mit den anderen unterhalten, und der Brenner ist stumm vor sich hingetrottet.

»Wie weit ist es denn noch?«, hat er das Thema gewechselt, weil er hat sich gedacht, Hendrix beweise ich ihm ein anderes Mal. Ihm haben die Füße wehgetan, und er ist immer langsamer geworden. »Da heißt es immer, ihr Zigeuner seid nur mit dem Mercedes unterwegs, aber wenn man einmal einen bräuchte, habt ihr keinen mit.«

»Mercedes fahren wir nicht mehr. Mercedes zahlt jedem Zigeuner eine gewisse Summe, damit wir Audi oder BMW fahren.«

»Und beim Zug zahlen Sie euch noch nichts?«

»Beim Zug hinken sie noch nach. Die haben noch nicht die neuen Methoden.«

»In Graz haben sie ja vor ein paar Jahren wirklich jedem Bettler etwas gezahlt, damit er nicht bettelt. Das war eine wahnsinnige Aufregung wegen dem Bettlergehalt.«

»Da war ich noch nicht in Graz.«

Schau, der Tomas kann das nicht wissen, aber in Graz war das wirklich so ein Versuch, dass man den Bettlern die paar Schillinge von der Stadt gegeben hat, damit sie nicht betteln müssen und aus dem Stadtbild verschwinden. Natürlich ein Aufschrei in den Zeitungen, die haben gesagt, das können wir euch leider nicht erlauben.

»Bettlergehalt aus Graz. Verzichter-Gehalt aus Stuttgart«, hat der Tomas gegrinst, »da kommt was zusammen.«

»Ihr Zigeuner könnt reich werden, nur indem ihr überall verschwindet.«

»Genau, darum sind wir ja so viel unterwegs.«

Der Brenner ist dann immer stiller geworden, weil er genug Unterhaltung mit seinen brennenden Füßen gehabt hat. Und erst, wie er gespürt hat, dass er nicht mehr lange durchhält, hat er gesagt: »Jetzt würde ich viel darum geben, wenn wir langsam da wären.«

»Wie viel?«, hat der Tomas gefragt.

Gut, dass der Brenner sich nicht verplappert hat, weil hinter der nächsten Kurve hat man dann die Barackensiedlung schon gesehen. Das waren keine fünfhundert Meter mehr. Aber interessant. Je näher sie gekommen sind, umso mehr hat der Brenner sich gewünscht, das Dorf sollte sich entfernen, statt näher kommen. Weil fürchterlich verwahrloste Angelegenheit.

Zuerst, wie sie in die Siedlung hineingegangen sind, ist es ihm noch nicht so schlimm vorgekommen. Zuerst nur die Armut, aber nicht Trostlosigkeit. Zuerst nur Müllsack als Fensterscheibe, aber nicht Müllsack über dem Kopf. Zuerst nur allgemeiner Gestank, aber nicht ding.

Ganz am Anfang haben die drei Freunde vom Tomas sich noch gefreut, dass sie heimgekommen sind. Die haben sich auf ihre Leute gefreut. Die haben Geschenke mitgehabt, einer hat den Videorecorder schon im Gehen aus dem Rucksack geholt, weil mit so einem Geschenk kommst du natürlich gern nach Hause.

Aber der Brenner hat sich gefragt, ob sie überhaupt einen Strom in ihrer Geisterstadt haben. Diese Frage ist ihm auf einmal wahnsinnig wichtig vorgekommen. Haben die überhaupt einen Strom in ihrer Geisterstadt? Gibt es in dieser Geisterstadt überhaupt einen Strom?

Geisterstadt. Dieses Wort hat sich eingebrannt im Hirn vom Brenner. Weil das Zigeunerdorf war leer wie Puntigam am Faschingsdienstag, wenn alle beim Umzug sind. Möchte man meinen, bei einem Zigeunerdorf muss man aufpassen, dass einen die barfüßigen Kinder nicht über den Haufen rennen, aber nichts da. Kein einziges Kind hat gegen die R-Regel verstoßen. Es ist ihnen überhaupt niemand entgegengekommen. Es waren ja überhaupt keine Leute herum. Darum war es ja so still. Darum sag ich ja Geisterstadt. Darum haben ja jetzt die vier Freunde vom Brenner so sorgenvoll dreingeschaut. Weil warum ist es so still? Und das war es ja, was den Brenner so erschreckt hat. Nicht die Armut. Mein Gott, zerbrochene Fensterscheiben, kaputte Türen, löchrige Dächer, so was erschreckt einen noch nicht unbedingt, das kennt man aus dem Fernsehen. Aber die Stille natürlich, die erschreckt dich. Das ist es, warum ich sage, Geisterstadt.

Und die Stille allein vielleicht auch noch nicht. Aber die Katzen. Weil da sind Katzen herumgestreunt, dass dem Brenner fast schlecht geworden ist. Das war jetzt bestimmt schon zwanzig Jahre her, aber in Rom ist ihm schon einmal schlecht geworden, wie er wilde Katzen auf der Straße gesehen hat. Ich weiß auch nicht, warum ihm da gleich schlecht werden muss, normale Katzen tun ihm nichts, also keine Katzenallergie in dem Sinn.

Die ding hat eine Katzenallergie gehabt, mit der er einmal ein Wochenende in Südtirol war, die Rikki, ja richtig, Ulrike hat die geheißen, uh, bei der hat keine Katze in der Nähe sein dürfen. Und ein Kripokollege in Linz hat eine Staubmilbenallergie gehabt, der ist dann auf der Autobahn von einem Tieflader erdrückt worden, und dem seine Frau eine Allergie gegen Milchprodukte, das hat sie dem Brenner beim Begräbnis erzählt, die hat überhaupt nichts mit Kuhmilch drinnen essen dürfen, nicht einmal einen Käse, nicht einmal Parmesan zu den Spaghetti, absolutes Kuhmilchverbot. Und die Schwester Corinna hat ihm erzählt, dass ihr Kind wieder gegen Tomaten allergisch ist. Und sein eigener Vater eben Hanfallergie, sprich, der hat sich aufgehängt, wie der Brenner noch kein Jahr alt war, ja siehst du, jetzt ist es heraußen, ich hätte es dir lieber nicht erzählt. Aber der Dr. Bonati natürlich gescheit bis dort hinaus und: erblich belastet.

Der Brenner jedenfalls nie eine Allergie gehabt, der hat alles essen können, Milchprodukte, Tomaten, Fleisch, alles kein Problem. Aber wilde Katzen, die haben ihm irgendwie Übelkeit eingejagt. Und diese Müllkatzen hier, das war noch einmal was anderes. So etwas Böses hat der Brenner schon lange nicht mehr gesehen, wie die herumgestreunt sind und den Buckel aufgestellt haben, und die haben Geräusche gemacht, gar nicht katzenartig, sondern ihm ist vorgekommen, die pfeifen, er hat sich eingebildet, die Katzen pfeifen seinen Ohrwurm: »Lustig samma, traurig samma.« Weil interessant. Obwohl das zwei komplett unterschiedliche Melodien waren, das Zigeuner-Bierlied und das Reklame-Bierlied, die Katzen haben das gekonnt, dass es bei ihnen zu ein und derselben Melodie verschmolzen ist.

Aber das ist ihm natürlich nur im Nachhinein so vorgekommen. Zuerst ist ihm ja noch gar nicht richtig schlecht gewesen, sondern erst hinterher der Eindruck, mit den Katzen hat es angefangen. An den Katzengesang hat er sich erinnert, und an die Stille hat er sich erinnert, und an diese ungute Eile hat er sich erinnert, die auf einmal in die Schritte seiner Begleiter gefahren ist.

Angeblich hat sein Vater damals in einer Nacht zehntausend Schilling beim Kartenspielen verloren, sprich zwei Monatslöhne, Alkohol natürlich auch zu viel, und das war so ein Mensch, den hat der Alkohol nicht traurig gemacht und nicht lustig, sondern dritte Möglichkeit, mutig. Jetzt hat er sich gesagt, die zehntausend Schilling gewinne ich zurück, hat er wieder verloren. Schau, alles hat sein Positives, weil sie haben das Mansardenzimmer dann vermietet, und wenn der Mieter dann nicht gewesen wäre und nicht den Schuss gehört und den Brenner ins Spital gebracht hätte, wäre der Brenner auch schon mit seinem Vater und mit dem Köck und mit dem Saarinen am anderen Mur-Ufer spazieren gegangen.

Überhaupt muss ich sagen, der Brenner immer sehr gut von seinen Großeltern erzogen, da gibt es gar nichts. Nur wenn er in den schwierigen Jahren einmal zu spät heimgekommen ist, vielleicht ein bisschen angedudelt, Jimi Hendrix und alles, dann hat sein Großvater manchmal gesagt, du wirst genauso ein Zigeuner wie dein Vater. Nicht wörtlich gemeint, aber in diesen Jahren hat der junge Bursch sich immer gewünscht, dass es stimmt, weil Zigeuner immer ein bisschen weite Welt. Da hat er sich eine Zeit lang eingeredet, so blond bin ich gar nicht, so blau sind meine Augen gar nicht, quasi hellerer Zigeuner. Lang hat er es sich nicht geglaubt, und später komplett vergessen, und jetzt ist ihm das erst wieder eingefallen.

Aber interessant. An seinen Vater hat er sich nicht erinnern können. Aber er hat sich immer erinnert an einen Tag, wo seine Großeltern mit so eiligen Schritten unterwegs waren, quasi erste Kindheitserinnerung. Eine erschreckende Eile in den Schritten, und später hat der Brenner sich immer eingebildet, das muss der Tag gewesen sein. Und sein Leben lang hat er sich eingebildet: Es gibt eine Art von eiligen Schritten, wo er gar nichts mehr wissen muss, weil er kennt es schon an den Schritten, dass etwas passiert ist.

Und jetzt auf einmal die Eile in den Schritten von seinen Begleitern. Weil du darfst eines nicht vergessen. Gerannt sind sie nicht. Das wäre ein Ausdruck des Erschreckens gewesen, quasi, die wollen jetzt wissen, was in ihren Häusern los ist, die rennen, und mit dem Ausdruck des Erschreckens im Grunde schon der erste Schritt zur Besserung. Aber das hat den Brenner ja so gestört. Weil sie sind nicht gerannt. Sondern nur auf einmal die Eile in den Schritten. Diese ganz spezielle Schritt-Eile, die nur dann entsteht, wenn du gleichzeitig nach vor und zurück willst.

Und dann die erste Tür aufgemacht. Weil es ist nicht jeder von ihnen zu seiner eigenen Baracke, sondern zu dritt die Tür vom ersten Haus aufgemacht. Und nichts zu sehen. Kein Mensch da. Jetzt einerseits Erleichterung, weil wenigstens war nichts. Und in so einer Situation ist nichts immerhin etwas. Dann zum zweiten Haus. Der Brenner hinterher. Den haben sie schon völlig vergessen gehabt. Tür auf, wieder nichts, kein Mensch zu sehen.

Da haben die Zigeuner noch immer nicht gewusst, ob sie Erleichterung empfinden sollen oder Entsetzen. Weil Entsetzen dann erst beim dritten Haus.

# 10

Aber interessant. Wie der Brenner zehn Stunden später wieder in Graz war, ist ihm auf einmal Graz wie eine Geisterstadt vorgekommen.

Du musst wissen, sein Großvater hat ihm zum Schulanfang in der Puntigamer Volksschule eine Taschenlampe geschenkt. Und wenn er sich die in den Mund gesteckt hat, ist das Licht von innen durch das Gesicht gedrungen, das hat ein bisschen gespenstisch ausgeschaut. Und jetzt ist ihm vorgekommen, Graz selber muss auch eine Taschenlampe in der Größe vom Arnold-Schwarzenegger-Stadion verschluckt haben, weil alles hat so abnormal geleuchtet, dass er bei jedem Schritt Angst gehabt hat, er trifft den Boden nicht richtig.

Er selber ist sich auch wie ein Gespenst vorgekommen, also eigentlich muss man fast sagen, alles in Ordnung, weil Gespenst in einer Geisterstadt, das passt zusammen.

Er ist an der Mur entlangspaziert, die hat auch so komisch geleuchtet, als hätte sie eine Taschenlampe verschluckt, und er hätte sich nur gewünscht, dass endlich die Stadt wieder normal aus der Wäsche schaut. Aber nichts da, der Asphalt, auf dem er gegangen ist, war richtig durchsichtig, als hätte die Stadt so eine dünne Haut wie die Leichen, die nach einem Tag immer so durchsichtig werden.

Weil so lange waren die beiden Stadion-Bettler schon tot,

wie sie in das dritte Haus gekommen sind. Der Brenner hätte sich nur gewünscht, dass er diese Erinnerung nicht sein Leben lang mit sich herumschleppen muss. Wie alle einundzwanzig Bewohner der Barackensiedlung sich zusammen mit den zwei Toten in dem einen Haus eingeschlossen haben, vor lauter Angst, der Killer kommt mit seinem Motorrad noch einmal zurück.

Du wirst sagen, zwei Tote, das muss ein alter Brenner schon öfter in seinem Leben gesehen haben, da darf er deshalb nicht gleich so eingehen, deshalb darf er nicht gleich Graz als eine Geisterstadt und sich selber als Gespenst sehen, und da darf er sich vor allem nicht gleich einbilden, dass Graz leuchtet, als hätte die Stadt eine Taschenlampe verschluckt.

Pass auf, du weißt noch nicht alles. Weil er ist dann sofort nach Graz zurückgefahren. Und er ist dann noch mitten in der Nacht vollkommen übermüdet zum Camping-Parkplatz hinter dem Ostbahnhof hinausgefahren. Er hat die Handleserin fragen müssen, ob irgendjemand von ihr erfahren hat, dass er nach Hostice unterwegs war.

Eine halbe Stunde nach Mitternacht ist er hinter dem Ostbahnhof angekommen. Aber kein Licht im Campingwagen. Kein Fernseher. Kein gar nichts. Du wirst sagen, eine halbe Stunde nach Mitternacht darf eine Handleserin auch einmal schlafen. Aber der Brenner hat ja wie wild an die Tür gehämmert, er hat an die Scheibe gehämmert, und keine Reaktion.

Jetzt hat er derart Angst gekriegt, die Handleserin ist auch tot, dass er versucht hat, das Fenster aufzudrücken. Länger als eine Minute hat er nicht gebraucht, dann ist er schon drinnen gesessen auf seinem Sperrmüll-Fauteuil. Weil der war noch da.

Alles andere war weg. Der Fernseher weg. Das Geschirr weg. Das Gewand weg. Die Zigeunerin weg.

Viel hat nicht gefehlt, und er wäre vor Erschöpfung im Fauteuil eingeschlafen. Aber er hat sich dann doch noch einmal zum Aufstehen gezwungen. Und wie er wieder aus dem Campingwagen aussteigen wollte, hat ihn der Blitz getroffen.

Pass auf, was ich dir sage. Wenn du in so einem Zustand um diese Uhrzeit hinter dem Ostbahnhof vollkommen unvorbereitet in ein Blitzlicht schaust, dann glaubst du natürlich: alles vorbei. Da glaubst du nicht, ich gefalle vielleicht zufällig einer Passantin, die geht gerade übermütig von der Disco heim, jetzt macht sie ein Foto von mir. Sondern du glaubst, letztes Blitzlicht, und dann ewige Finsternis. Du denkst dir, so ist das also, ausgerechnet in dem Campingbus, wo man mir das Abkratzen vorausgesagt hat, kratze ich jetzt wirklich ab, quasi selbsterfüllende dings.

Aber bei Blitzen ist das immer wieder interessant. Der zweite Blitz macht es nicht schlimmer, sondern besser. Beim zweiten Blitz kapierst du, dass du noch am Leben bist, und der Brenner hat jetzt sogar kapiert, der idiotische Hobbypolizist, der das Zigeunerlager bewacht, macht gerade ein Foto von mir.

Jetzt warum hat der Brenner beim dritten Blitzen derart aufgeschrien, dass sogar der Hobbypolizist Mitleid mit dem Campingbus-Einbrecher bekommen hat?

Ob du es glaubst oder nicht, nach sieben Wochen und vier Tagen hat der Schmerz doch noch in seinen Schusskanal hineingefunden. Dass es so was gibt. Sieben Wochen und vier Tage, nachdem er aus dem Koma aufgewacht ist, und viereinhalb Wochen, nachdem sie die letzten Schmerzmittel abgesetzt haben, weil der Professor Hofstätter gesagt hat, so einen Schmerzverweigerer hat er überhaupt noch nie erlebt, und zwei Wochen, nachdem der Dr. Bonati zum letzten Mal zu ihm gesagt hat, seine Schmerzverdrängung ist typisch, weil das beste Indiz, dass er das andere auch verdrängt, und eine Sekunde, nachdem der Hobbypolizist das erste Mal abgedrückt hat, und eine halbe Sekunde, nachdem der Hobbypolizist das zweite Mal abgedrückt hat, ist ihm in dem Augenblick, wo ihm der Hobbypolizist mit seinem Fotoapparat zum dritten Mal ins Gesicht geblitzt hat, der Schmerz so in seinen Schusskanal gefahren, dass er aufgejault hat.

Seine Schläfe hat auf einmal derart zu brennen angefangen, als wäre der Schmerz beim Schuss Anfang Dezember irrtümlich nicht mitgekommen, so wie oft, wenn du eine schöne Flugreise machst, beim Umsteigen das Gepäck in die falsche Maschine geladen wird, dann reist das Gepäck in einen anderen Erdteil als du selber, du Amerika, Gepäck China, und irgendwann, wenn du schon gar nicht mehr damit rechnest, und nur damit du was zum Heimschleppen hast, wird es dir doch noch zugestellt.

»Was ist denn?«, hat der Hobbypolizist ganz verdattert gefragt, weil der Brenner so mitleiderregend aufgestöhnt hat.

Ich muss sagen, gute Frage. Weil das wahnsinnige Brennen in seiner Schläfe war nicht das Schlimmste. Wegen dem Schmerz allein wäre er gar nicht so eingegangen. Aber du darfst eines nicht vergessen. Es hat nicht nur das ganze Schmerzübergepäck mit siebenwöchiger Verspätung doch noch den Weg in seinen Schädel gefunden. Dem Brenner ist jetzt noch etwas anderes in sein Hirn gefahren. Weil mit dem Schmerz ist die Erinnerung an den zweiten Adventssamstag in sein Hirn gefahren. Wie er um vier Uhr früh mit dem Moped heimgekommen ist und noch kurz mit dem Aschenbrenner gestritten hat.

Zusammen mit dem elendigen Blitz und mit dem elendigen Schmerz ist ihm die elendige Erinnerung in das Hirn geschossen, und in der Polizeischule haben sie gelernt, dass man nicht an der Kugel an und für sich stirbt, weil die reine Gewebeverletzung halb so schlimm, wenn beispielsweise ein Stich an derselben Stelle eindringen würde, aber man stirbt an der Wucht, mit der sie in den Körper einschlägt, und in der Polizeischule haben sie gelernt, würde man einem Menschen mit der zigfachen Geschwindigkeit einer Pistolenkugel in die Hand schießen, würde er daran sterben, an der Wucht, nicht an der Kugel, und der Brenner ist jetzt dagestanden und mit dem Blitz ist ihm die Erinnerung derart in sein Hirn geschossen, dass es ihn ganz gewaltig ausgehoben und versetzt haben muss.

Solche Blitzerlebnisse kennt man sonst nur von Bergsteigern. Wenn am Berg der Blitz unmittelbar neben dem Bergsteiger einschlägt, versetzt es ihn um ein paar Meter. Aber den Brenner muss es jetzt um einen halben Kilometer versetzt haben, weil er ist auf einmal an der Mur entlangspaziert, und der Blitz immer noch in seinen Augen, dass alles so komisch geleuchtet hat, und ihm ist vorgekommen, jedes Ding, das er anschaut, und jeder Mensch und sogar der Boden, alle haben Taschenlampen verschluckt, und Graz eine Geisterstadt, und er selber ein Gespenst.

Aber dass es so was gibt. Je zwielichtiger die Gegenwart, umso klarer die Vergangenheit. Weil er hat sich jetzt erinnert, als hätte es nie ein Koma gegeben, wie er um vier Uhr früh mit seinem Moped aus dem Stadion heimgefahren ist. Wie er in der Küche die alte Neonröhre aufgedreht hat, die hat immer am Anfang ein bisschen geflackert, und nach ein paar Sekunden war sie erst ganz da. Aber beim ersten Flackern hat er den Aschenbrenner schon am Tisch sitzen gesehen. Der Kripochef hat in der Dunkelheit auf ihn gewartet, ist im Flackern der Neonröhre aufgetaucht, fürchterlich grelles Licht, aber die Großmutter vom Brenner hat immer gesagt, Neonröhre ist billiger als Glühbirne, was den Stromverbrauch betrifft, aber das Einschalten ist teurer, darum nicht dauernd aus- und einschalten, sondern vorher gut überlegen. Aber es hätte dem Brenner sowieso nichts genutzt, wenn er gleich wieder abgedreht hätte, weil der Kripochef wäre deshalb ja immer noch da gewesen.

»Willkommen in Graz«, hat der Brigadier Aschenbrenner gesagt und ist mit der Walther in der Hand vom Küchentisch aufgestanden. »Aber wenn du ein Problem hast, kommst du lieber zu mir. Weil dem Köck wird es demnächst an den Kragen gehen.«

»Wer sagt, dass ich ein Problem habe?«, hat der Brenner gesagt.

»Dann ist es ja gut. Aber falls du ein Problem hast, kommst du lieber zu mir. Und falls du vorhast, hier mit der alten Geschichte hausieren zu gehen, hast du ein Problem.«

»Ich hab kein Problem«, hat der Brenner gesagt.

»Dann ist es ja gut. Wenn du für mich arbeiten willst –«

»Ich glaub, du hast ein Problem«, hat der Brenner gesagt.

Und der Kripochef: »Ich hab kein Problem.«

Und der Brenner: »Dann ist es ja gut.«

Du merkst schon, die beiden haben einfach ein Problem miteinander gehabt. Jetzt ist das Gespräch nahtlos dort weitergegangen, wo sie vor dreißig Jahren aufgehört haben.

Der Kripochef hat dem Brenner seine Walther hingehalten: »Mit der ist jedenfalls noch nie geschossen worden. Das lässt sich jederzeit beweisen. Falls ihr auf blöde Gedanken kommt.«

»Behauptet ja auch niemand«, hat der Brenner gesagt.

»Dann ist es ja gut.«

»Wenn du mit dem Köck ein Problem hast –«, hat der Brenner gesagt.

»Ich hab kein Problem.«

»Dann ist es ja gut«, hat der Brenner gesagt.

Das Gespräch dürfte den Grazer Kripochef irgendwie beruhigt haben, weil er ist dann wieder verschwunden, ohne dass er dem Brenner eine Kugel in den Kopf geschossen hat. Unglaublich, mit dem Schmerz ist dem Brenner alles so in sein Hirn geschossen, als wäre es nie weggewesen.

Nachdem der Kripochef verschwunden war, ist der Brenner noch eine Zeit lang allein am Küchentisch unter der Neonröhre gesessen und hat ein bisschen darüber nachgedacht, dass er kein Problem hat. Er hat eigentlich wirklich kein Problem gehabt, kein Krebs, keine Familie, kein Chef, kein gar nichts. Aber zwischen vier und fünf Uhr früh können sich die Gedanken ganz sonderbar umdrehen, und du bildest dir plötzlich ein: Mit Problem hätte ich weniger Probleme als so ganz ohne Problem.

Und du darfst eines nicht vergessen. Er hat beim Köck zu viel Puntigamer getrunken, und der Alkohol hat den Brenner gern ein bisschen nachdenklich gemacht, das hat ihm die Handleserin wahrscheinlich durch die Blume sagen wollen, sprich durch die Melodie.

Aber begriffen hat der Brenner es erst jetzt. Er ist dann um zehn vor fünf auf den Dachboden hinauf, weil es hätte ihn interessiert, ob er seine uralte Walther auch noch irgendwo findet. Nach ein paar Minuten hat er sie schon gehabt. Die war nach dreißig Jahren auf dem trockenen Dachboden in einem so tadellosen Zustand, dass es ihn nicht gewundert hätte, wenn sie noch funktioniert hätte. Eine Schallplatte aus der Zeit hat er auch gefunden, und in der Küche ist ja noch das Steinzeitradio von seinen Großeltern gestanden, wo oben ein Deckel war, und wenn man den Deckel aufgemacht hat, Plattenspieler. Also mehr so ein Dosenöffner war das, aber dafür nicht zum Umbringen, jetzt hat der Brenner die Platte aufgelegt. Pass auf, das kannst du dir ruhig zwischendurch einmal anhören.

*The rooms were so much colder then.*
*My father was a soldier then.*
*And times were very hard. When I was young.*

Ein wahnsinnig gutes Lied, obwohl es nicht einmal vom Jimi Hendrix war. Der Brenner hat es gar nicht glauben wollen, dass es früher so gute Lieder gegeben hat, jetzt hat er noch ein bisschen lauter aufgedreht.

*I smoked my first cigarette at ten.*
*And for girls I had a bad yen.*
*And I had quite a ball. When I was young.*

Mein lieber Schwan! Das orientalische Gedudel dazwischen hat dem Brenner so gefallen, dass er noch ein bisschen lauter gedreht hat.

*When I was young it was more important.*
*Pain more painful and laughter much louder, yeah.*
*When I was young.*

Jetzt war es so weit, dass der Brenner mit dem Eric Burdon um die Wette gesungen hat:

*I met my first love at thirteen.*
*She was brown and I was pretty green.*
*And I learned quite a lot. When I was young.*

Er hat die Lautstärke endgültig bis zum Anschlag aufgedreht. Und nicht dass du glaubst, die alten Radios sind nicht laut gegangen. Sonst hätte jetzt nicht das Geschirr von der Großmutter in der Kredenz so mitgezittert, dass er von dem unguten Geräusch auf einmal ganz wahnsinnig Schädelweh bekommen hat.

*When I was young it was more important.*
*Pain more painful and laughter much louder, yeah.*
*When I was young.*

Du wirst sagen, schönes Lied, und ich muss auch sagen, das kann man sich ohne weiteres zwei-, dreimal hintereinander anhören, das kann man sich sogar fünfmal hintereinander anhören. Aber vielleicht doch nicht ganz normal, dass man es sich zwischen fünf und Viertel nach sechs ungefähr dreißigmal hintereinander auf voller Lautstärke anhört.

Obwohl man ja sagen muss, das hat ihm eigentlich das Leben gerettet. Weil der Hausgeist oben im Mansardenzimmer ist natürlich schon senkrecht in seinem Bett gestanden, wie der Brenner den Eric Burdon zum ersten Mal voll aufgedreht hat. Und vielleicht wäre der Hausgeist dann vom Schuss allein gar nicht aufgewacht, oder nur kurz, hätte sich womöglich umgedreht und weitergeschlafen.

Diese Überlegung hat den Brenner jetzt beschäftigt, wie er an der glitzernden Mur entlangmarschiert ist, und er hat sich geärgert, dass man ein derart gutes Lied derart oft und derart laut derart knapp vor dem Schuss anhören kann, und wenn man dann Wochen danach aus dem Koma aufwacht, hat man trotzdem das Puntigamer-Lied im Hirn.

Überall hat der Eric Burdon aber auch nicht Recht, hat er überlegt, weil »*Pain more painful*«, das stimmt nicht. Seine Schläfe hat ihn so gebrannt, Jugend nichts dagegen. Ihm ist vorgekommen, der Schmerz in seiner Schläfe wird immer ärger statt gedämpfter, und der Blitz in seinen Augen wird immer stärker statt schwächer, und die Erinnerung immer klarer statt trüber.

Jetzt hat er sich erinnert, wie am zweiten Adventssamstagmorgen der Verkehr draußen langsam losgegangen ist und wie die Scheinwerfer sich vor dem Küchenfenster aufgereiht haben, weil wegen der Baustelle jeden Morgen Stau. Ihm ist aufgefallen, dass es draußen und drinnen sehr ähnliche Entwicklungen gegeben hat, weil in seinem Inneren auch Stau, sprich das viele Puntigamer hat ihm recht aufgestoßen. Er hat das Neonlicht abgedreht und sich dann gewundert, dass es doch noch so finster war um Viertel nach sechs, aber nicht mehr aufgedreht, weil Neonlicht nicht dauernd auf- und abdrehen, das kommt bei einer Neonlampe, die rein vom Stromverbrauch her günstiger ist, teurer als bei einer Glühbirne, er hat im Finsteren dann noch einmal den Eric Burdon aufgelegt, all diese Erinnerungen an die letzten Minuten vor dem Schuss sind jetzt gleichzeitig durch seinen Schusskanal gerast, weil Autos müssen sich bei einer einspurigen Baustelle anstellen, aber Erinnerungen nicht, die sind geschmeidig und kommen alle gleichzeitig durch einen Schusskanal, und er hat sich jetzt, während er an der blitzenden Mur entlangspaziert ist, erinnert, wie in der Finsternis das Flackern der Autoscheinwerfer über den Küchenplafond gewandert ist, mein lieber Schwan, so etwas Schönes hat er schon lange nicht mehr gesehen, und er hat gehofft, dass es nicht hell wird, weil er hätte gern ewig zugeschaut, wie die Lichter über den Küchenplafond huschen und verschwinden und wieder auftauchen und wieder verschwinden bis in alle Ewigkeit.

Aber es ist dann in der Küche langsam hell geworden, und während er jetzt immer noch nicht ganz sicher war, in welche Richtung von ihm aus gesehen das blitzende Mur-Wasser rinnt, ob er in die Stadt hinein-, oder aus der Stadt hinausgeht, hat er sich erinnert, wie er sich an diesem immer heller werdenden Morgen damit getröstet hat, dass er sich, falls es ihm zu hell wird, immer noch eine Kugel in den Kopf schießen kann. Er hat sich erinnert, dass der immer lauter werdende Verkehr vor seinem Haus nur noch halb so schlimm war mit dem tröstlichen Gedanken, wenn es mir zu laut wird, probiere ich einfach die Walther aus, und er hat sich jetzt erinnert, wie draußen irgendein Idiot gehupt hat, und er hat sich jetzt erinnert, dass er sich noch gedacht hat, nicht so schlimm, weil wenn er noch einmal hupt, oder wenn es mir noch einmal aufstößt, kann ich immer noch die Walther ausprobieren.

Der Brenner hat das Gefühl gehabt, dass er die Mur schon zehnmal auf- und abgegangen ist, von einem Stadtende zum anderen und zurück, aber jetzt ist er endlich über den Puchsteg gegangen, vom falschen Mur-Ufer wieder hinüber auf das richtige, Puntigamer Mur-Ufer, und die Mur hat so geblitzt, dass er sie überhaupt nicht gesehen hat, aber umso genauer hat er jetzt gesehen, wie er sich und warum er sich, weil Graz und alles, weil Leben und alles, weil Freunde und alles, wie er sich und warum er sich, weil Weiber und alles, weil Kopfweh und alles, wie er sich und warum er sich, weil die ewigen Erinnerungen und das ewige Kopfweh und das ewige Leben und das ewige Aufstoßen und das ewige Hupen, wie er dann, während der Trottl draußen noch einmal und noch einmal und noch einmal gehupt hat, und wie er die Walther genommen und wie er sich gesagt hat, der Idiot da draußen kann mir doch egal sein, aber wenn mir das Puntigamer noch einmal aufstößt, schieß ich mir das Kopfweh weg, und wie ihm das Puntigamer dann noch einmal aufgestoßen hat.

Aber interessant. Es muss verschiedene Typen von Schmerz geben, nicht nur mehr oder weniger starke Schmerzen, sondern grundsätzlich vom Typus her. So wie man bei den Menschen sagt, es gibt solche und solche, ganz ähnlich muss man auch bei den Schmerzen sagen: solche und solche. Die normale Migräne war eher ein lähmender Schmerz, von dem der Brenner immer ganz dumpf geworden ist. Aber im Schusskanal jetzt ein Schmerz, dass er rotiert ist. Die Migräne immer ein Schmerz, der ihn so weich gemacht hat wie eine Wasserleiche. Aber im Schusskanal jetzt ein derart aggressiver Schmerz, dass der Brenner das Gefühl gehabt hat, er ist nur mehr das Moped, und der Schmerz fährt mit ihm durch Graz, wohin er will.

Und ich muss sagen, das war ein sehr intelligenter Schmerz. Weil der ist mit dem Brenner dann in aller Herrgottsfrüh direkt nach Puntigam links gefahren. Und da haben sie ihn mit Schmerzmitteln voll gepumpt, dass der Brenner noch glücklich gelächelt hat, wie der Kripomann in das Behandlungszimmer hereingekommen ist und ihn verhaftet hat.

# 11

Das ist im Leben immer wieder interessant. Der eine wäre gern jung, der andere ist jung. Weil dem Brenner ist im Büro vom Major Heinz aufgefallen, wie jung der noch ausgesehen hat. Eigentlich unglaublich, dass man in so einem Alter schon Major sein kann. Mehr als dreißig Jahre hat er dem nicht gegeben.

»Respekt, Brenner«, hat der Major gesagt, »den X-ler am Campingplatz hast du ganz schön zugerichtet. Aber du hättest vielleicht noch eine Spur fester hinhauen sollen, dann hätte er keine Täterbeschreibung mehr abgeben können, bevor die Ärzte ihn wieder zusammengeflickt haben.«

»Dann kann es ja nicht so schlimm sein.«

Der Brenner war immer noch gut aufgelegt, weil nichts macht dich so glücklich im Leben wie ein wahnsinniger Schmerz, der auf einmal weg ist.

»Nasenbeinbruch, Jochbeinbruch, Kieferbruch«, hat der Major Heinz aufgezählt.

»Das kann nicht von mir sein. Ich hab nur so eine Reflexbewegung gemacht, wie er mich angeblitzt hat.«

»Wahrscheinlich hat der Fotoapparat so einen starken Rückstoß gehabt«, hat der Major Heinz gelächelt.

Dem Brenner ist aufgefallen, dass der gar nicht so unsympathisch war, wie er ihm beim ersten Mal vorgekommen ist. Er hat nicht geredet wie ein richtiger Polizist, mehr so wie ein intelligenter Mensch. Seine Augen haben amüsiert gefunkelt, wie er das mit dem Rückstoß gesagt hat, körperlich auch mehr drahtig als auf der Fleischhauerseite, also schon austrainiert bis auf die letzte Faser, aber mehr das Sprungbereite, weniger das Schwere. Und ich sage ja immer, man kann jeden Menschen mit einer ganz bestimmten Art von Schmerz vergleichen, und da müsste man sagen, der alteingesessene Traditionsbulle eher wie der dumpfe Migräneschmerz, der Major Heinz eher wie der spitze Schusskanalschmerz.

»Mein Chef hat mir einmal erzählt, dass du mit ihm in die Polizeischule gegangen bist.«

Allein wie der Major Heinz ihn einfach geduzt hat, ohne ihn damit zu beleidigen, hat dem Brenner schon ziemlich imponiert.

Du wirst sagen, da war der Brenner vielleicht wirklich ein bisschen high von den Schmerzmitteln, dass ihm das auch schon imponiert hat. Aber das stimmt nicht. »Sie« oder »du«, das ist eine der schwierigsten Aufgaben im heutigen Leben, und die Schwester Corinna hat dem Brenner einmal erzählt, dass in letzter Zeit immer mehr Patienten nach Puntigam links kommen, die seit Jahren nicht mehr aus dem Haus gegangen sind, weil sie einfach dieser Frage ausweichen wollen. Und in vielen Fällen ist ja beides eine Beleidigung. Wie zum Beispiel jetzt zwischen dem Major Heinz und dem Brenner.

Mit dem »du« stempelst du im Kripo-Büro einmal grundsätzlich jeden zum Schwerverbrecher. Außer es ist ein Exkollege, dem man schon einmal die Baseballkappe über die Augen gezogen hat. Den stempelst du mit dem viel zu förmlichen »Sie« erst recht zum Schwerverbrecher. Und siehst du, da kommt der Tonfall ins Spiel. Weil der Major hat ihn auf eine so selbstverständliche Art geduzt, dass man glauben hätte können: Polizeischüler unter sich.

»Polizeischule ist lange her«, hat der Brenner gesagt.

Der Major hat darauf nicht reagiert, weil alles hat der eben auch nicht verstanden. Für diese Problematik war der Major einfach noch zu jung, und dass man sich schon in der Jugend nach der Jugend sehnt, wie es vielleicht beim Brenner war, das ist eben nicht jedem gegeben.

»Wie geht es dem Aschenbrenner denn jetzt?«, hat der Brenner gefragt.

»Zum Sterben zu gut, zum Leben zu schlecht. Das Gespräch mit dir muss ihn ja ganz schön mitgenommen haben.«

»Hast du mich deshalb verhaftet oder wegen dem Hobbypolizisten?«

»Weder noch.«

»Sondern?«

»Du bist nicht verhaftet.« Die Mundwinkel vom Major Heinz haben amüsiert gezuckt. »Ich wollte dich nur einmal kennen lernen.«

Der Brenner muss ein bisschen verstört geschaut haben, weil der Major hat jetzt noch hinzugefügt: »Das mit den Handschellen war nur, weil ich dich wegbringen wollte, bevor du wirklich verhaftet wirst. Der X-ler hat eine ziemlich präzise Täterbeschreibung abgegeben. Was bei einem Mann mit Einschuss über dem linken Ohr aber auch nicht so schwierig ist.«

»Was willst du dann von mir?«

»Dasselbe, was der Brigadier Aschenbrenner von dir wollte.«

»Dass ich aus Graz verschwinde?«

»Das hat er mir anders erzählt.«

»Was hat er dir denn erzählt?«

»Er war doch an dem Morgen bei dir und hat dir den Job vom Köck angeboten.«

»Den Job vom Köck«, hat der Brenner wiederholt. Eigentlich hat er sich nur erinnert, dass der Aschenbrenner ihm einen Job als Spitzel angeboten hat, aber das ist auf dasselbe hinausgelaufen.

Du musst wissen, der Köck hat für die Grazer Kripo als Spitzel gearbeitet. Aber das ist bei Spitzeln immer so eine Sache, sie werden leicht unzuverlässig, jetzt hat der Köck zu viel von der anderen Seite angenommen, und darum die Idee vom Kripochef, wir schmeißen den Köck hinaus und ersetzen ihn durch den Brenner.

»Ja richtig, den Job hat er mir angeboten.«

»Und was hast du gesagt?«

»Lieber bring ich mich um.«

»Und was hat er gesagt?«

»Weiß ich nicht mehr.«

»Und was sagst du jetzt?«

Der Brenner hat nichts gesagt.

»Keiner kann den Job vom Köck so gut machen wie du. Dich kennt hier keiner mehr«, hat der Major Heinz wieder angefangen.

»Lieber bring ich mich um.«

»Also ja!«, hat der Major sich gefreut und dem Brenner auf die Schulter geklopft. Und da siehst du einmal, wie ein positiver Mensch sogar aus so einer Antwort noch das Beste herausholen kann. Weil der Major hat jetzt einfach so getan, als müsste diese Antwort nach dem Selbstmordversuch automatisch das Gegenteil bedeuten, quasi: Die einzige Sache, die mir lieber wäre, hab ich schon hinter mir, also warum nicht zur Abwechslung ein bisschen Polizeispitzel.

»Aber nur, wenn ich auch die Stadionwohnung krieg«, hat der Brenner sofort eine Bedingung nachgeschoben.

»Vergiss es«, hat der Major gesagt. »Wo sie deinen Vorgänger erschossen haben, können wir dich nicht unterbringen.«

Das war schon ein bisschen ein Tiefpunkt für den Brenner, wie der junge Major Heinz ihm gleich seine erste Forderung abgeschossen hat. Aber so ist das mit den Bedingungen. Wenn du sie einmal stellst, hast du schon angebissen, egal ob sie erfüllt werden oder nicht. Und wenn du einmal angebissen hast, erfüllen sie dir natürlich keine Bedingungen mehr, weil jetzt ist es zu spät, vorher hätte man es sagen müssen.

Und vielleicht war das der Grund, dass beim Brenner der Zwang auf einmal wieder dagewesen ist. Dass es so was gibt! Jetzt, wo er endlich den Blitz nicht mehr in den Augen gehabt hat, ist der alte Farbfehler wieder aufgetaucht. Und das Gefühl, dass sein Kopf eine Spur seitlich angewachsen ist, auch wieder da. Jetzt hat der Brenner vermutet, es muss irgendwie zusammenhängen, dass ich durch den Augenfehler dieses seitliche Kopfgefühl bekomme.

Auf einmal der Brenner wieder zwanghafter Augentester. Immer wieder hat er es probieren müssen, das rechte Aug zu, links schauen, dann links zu und rechts schauen. Der Major Heinz hat ganz kurz geschorene, blonde Haare gehabt, aber links, vom Brenner aus gesehen, ein bisschen rötlich blond, rechts, vom Brenner aus gesehen, ein bisschen grünlich blond. Austrainiert bis dort hinaus, der junge Major, mageres Gesicht, aber die linke Wange, vom Brenner aus gesehen, war ein bisschen besser durchblutet als die linke Wange, vom Major aus gesehen, die eine Spur ins Kränkliche gegangen ist.

Im Grunde ist es dem Brenner fast schon normal vorgekommen mit dem Fehler. Und er hat überlegt, wenn mich jetzt ein Augenarzt richtig einstellt, kommt es mir womöglich erst recht fehlerhaft vor, weil ich schon so daran gewöhnt bin. Und das Normale würde mir erst recht wieder nicht passen.

»Wenn du gleich zugesagt hättest, wie der Brigadier dir das Angebot gemacht hat, hättest du die Stadionwohnung haben können«, hat der Major erklärt, weil ich glaube, er hat gemerkt, dass der Brenner enttäuscht ist. »Aber jetzt nützt die Wohnung uns nichts mehr, nachdem sie in die Schlagzeilen gekommen ist.«

»Schade«, hat der Brenner gesagt. Weil Stadionwohnung, das hätte ihm wahnsinnig gefallen. »Da hätte ich früher zugreifen müssen. Wenn du mir damals statt dem Aschenbrenner das Angebot gemacht hättest, wer weiß. Aber mit dem Aschenbrenner kann ich einfach nicht. Wir haben noch nie miteinander gekonnt.«

»Ja, das hat er mir auch so erzählt.«

»Was sagt er denn über mich?«

»Dass du immer alles besser wissen musst.«

»Das glaubt er wohl selber nicht. Er hat immer alles besser gewusst. Schon in der Polizeischule.«

Der Major hat gegrinst: »Alte Liebe rostet nicht.«

»Das kannst du laut sagen.«

»Leider hat die alte Liebe zu den Polizeischulfreunden auch ihre Nachteile«, ist der Major auf einmal ernst geworden. »Der Brigadier hat den Köck viel zu lange geschützt. Der hat schon die längste Zeit nur mehr auf eigene Rechnung gearbeitet. Im letzten Jahr sind in Graz mehr Drogen über den Spitzel verkauft worden als über die Händler, auf die wir ihn angesetzt haben.«

»Da ist er aber nicht der Erste, der das so betrieben hat.«

»Nur der Brigadier wollte es nicht einsehen. Ich kann es ja verstehen, ich würde auch nicht gern einen Kumpel aus der Polizeischule hinhängen.«

Durch die vielen Schmerzmittel war das Gehirn vom Brenner ein bisschen taub, und seine eigenen Gedanken haben sich so angefühlt, als wären sie nicht in seinem Gehirn, sondern außerhalb, als würden sie irgendwo in dem Büro herumhängen, wo er mit dem Major Heinz gesessen ist, und sich nicht um ihren Eigentümer kümmern. Und er hat jetzt das Gefühl gehabt, als würde sich in noch größerer Entfernung, nicht einmal im Büro vom Major Heinz, sondern ungefähr im nächsten oder übernächsten Büro ein Gedanke regen.

»Und wie hast du deinen Chef doch noch überzeugt, den Köck fallen zu lassen?«, hat er den Major gefragt, weil wenn ein Gedanke nicht daherkommt, kann man immer noch irgendwas fragen.

»Ihm ist es erst zu bunt geworden, wie der Köck auch noch mit den X-lern gepackelt und ihnen Informationen über unsere Arbeit verkauft hat.«

»Der Köck hat nie eine Blödheit ausgelassen.«

Der Gedanke war so weit entfernt, dass er ihn unmöglich herübergehört hat. Dafür hat ja der Major Heinz, der nur einen Meter entfernt von ihm gesessen ist, viel zu laut geredet.

»Es ist nicht ganz fair, auf einen schwerkranken Gegner loszugehen. Aber wir haben diese Meinungsverschiedenheiten schon seit einem halben Jahr ausgetragen. In letzter Zeit ist mir vorgekommen, als wäre der Brigadier vom Altersstarrsinn befallen.«

Der Brenner hätte dem Kripochef diese Analyse bestimmt von Herzen gegönnt, wenn er selber wenigstens ein paar Jahre jünger als der Aschenbrenner gewesen wäre. Aber sogar so hat er dem jungen Major Heinz den »Altersstarrsinn« nicht übel genommen. Er war jetzt auf ganz etwas anderes konzentriert. Weil er hat sich eingebildet, dass der Gedanke näher gekommen ist, vielleicht schon vom übernächsten Büro in das unmittelbare Nachbarbüro, und gleich ist er da.

»Der Brigadier hat einfach in den letzten Jahren nicht mehr mit den Entwicklungen Schritt gehalten. Er hat es nicht wahrhaben wollen, dass auch in Graz die Drogenmafia längst ihre Leute sitzen hat. Im Prinzip bin ich immer noch voll auf der Seite vom Aschenbrenner. Gegen jede Panikmache, sondern in aller Ruhe den Deckel draufhalten. Aber ein Problem hat er dabei übersehen: Je zurückhaltender wir agiert haben, je weniger präsent wir in der Öffentlichkeit waren, umso mehr Oberwasser hat der Würnitzer mit seinen X-lern bekommen. Und ausgerechnet sein eigenes Credo hat der Brigadier bei den X-lern vergessen. Uns hat er immer gepredigt, dass die öffentliche Kommunikation einer sicheren Stimmung für die reale Sicherheit einer Stadt mehr bringt als spektakuläre Verbrecherjagden. Aber genau deshalb hätte die Kripo jetzt in der Öffentlichkeit präsenter sein müssen, um den X-lern den Wind aus den Segeln zu nehmen.«

Ich muss ehrlich sagen, der Brenner war beeindruckt von den guten Gedanken des jungen Majors. Umso mehr, weil sein eigener Gedanke immer noch nicht dahergekommen ist. Jetzt hat er nur gesagt: »Möchte man glauben, mit so einer jungen Frau bleibt ein Kripochef geistig auch länger jung.«

Der Major Heinz hat säuerlich gelächelt. »Ich möchte bestimmt nichts Schlechtes über den Brigadier Aschenbrenner sagen«, hat er gesagt, bevor er eine halbe Stunde lang schlecht über seinen Vorgesetzten geredet hat.

Der Brenner hat ihn direkt ein bisschen bewundern müssen. Weil der junge Mann hat eine wahnsinnige Menschenkenntnis gehabt, der hat ihm den Aschenbrenner charakterisiert, das hätte der Brenner selber nicht besser gekonnt. Diesem jugendlichen Charakterforscher ist am Aschenbrenner nicht das Geringste verborgen geblieben, da hätte man fast glauben können, er ist damals ebenfalls mit ihnen in der Polizeischule gewesen.

»Die organisierte Kriminalität hat der Brigadier immer nur im fernen Wien gesehen. Umgekehrt hat es ihn schon wahnsinnig aufgeregt, wenn ein paar von meinen Polizeischülern ein bisschen mit Haschisch experimentiert haben.«

»Das wundert dich, dass ihn das stört?«

»Jaja, ich weiß schon, früher hätte es so etwas nicht gegeben«, hat der Heinz zynisch gegrinst.

Und im selben Moment ist der Gedanke, ohne anzuklopfen, in das Büro hereinspaziert. Sehr lange blonde Haare hat der Gedanke gehabt und einen sehr kurzen schwarzen Rock. Und alles sehr gut aufeinander abgestimmt, weil am Rock hat der Gedanke einen eleganten weißen Saum gehabt und beim Mittelscheitel sind ihm genau gleich breit die dunklen Haare nachgewachsen. Und die weiße Bluse hat wieder gut zum Kaugummi gepasst, weil die hat sich so halb durchsichtig um den prallen Gedanken gespannt, ganz ähnlich wie die halbdurchsichtigen Kaugummiblasen, die immer wieder zwischen den Lippen zerplatzt sind.

Und nach der dritten oder vierten Blase hat der Gedanke mit einer beängstigend hohen Stimme gepiepst: »Weißt du da irgendwas?«

»Frag den Oberst«, hat der Heinz gesagt und nicht einmal einen Blick auf den Zettel geworfen, den seine Sekretärin ihm unter die Nase gehalten hat.

Die Frau war ein derartiges Gegenteil von der Soili, dass sie dem Brenner vorgekommen ist wie das reinste Fotonegativ von der Pasolini-Wirtin.

»Der Oberst weiß nichts«, hat sie gesagt und eine Kaugummiblase platzen lassen. »Weißt du was?«

»Ich hab jetzt keine Zeit!«

Einmal noch den Kaugummi, dann ist das Negativ wieder auf seinen silbernen Stelzen hinausgewackelt, aber der Gedanke natürlich dageblieben.

Weißt du da irgendwas über unseren Polizeischulausflug in die Raiffeisenkasse, hätte der Brenner den Major gern gefragt. Aber er hat es für sich behalten, und der Major war sowieso schon wieder bei seinem Lieblingsthema.

»Nach dem Desaster mit dem Köck müssen wir dringend dafür sorgen, dass uns die Hobbypolizisten nicht dauernd in unsere Ermittlungen hineinpfuschen. Ich hab genug damit zu tun, den Köck-Mörder zu finden. Seit der Aschenbrenner krank ist, darf ich auch noch den Bürokram für ihn erledigen. Die Leute glauben schon, ich hab ein Verhältnis mit der da«, hat er Richtung Tür gedeutet, »weil ich Tag und Nacht hier herinnen bin.«

Der Brenner hat gegrinst. Aber dann ist ihm das Grinsen vergangen, weil der Major hat ihm erklärt, dass er wen braucht, der für ihn den Würnitzer und die X-ler übernimmt.

»Und wie hast du dir das vorgestellt?«

In der nächsten Sekunde hat es dem Brenner schon wahnsinnig Leid getan, dass er das gefragt hat. Und in der übernächsten Sekunde auch noch. Nächste Minute auch noch

Leid, nächste Stunde, nächster Tag auch noch Leid, nächste Woche, übernächste Woche Leid, sprich für den Rest seines Lebens Leid getan, dass er das gefragt hat.

# 12

»Freunde der Sicherheit! Wehrsame Grazer!«

Der General hat das Mikrofon in der Hand gehalten und ist ein bisschen auf dem Podium hin- und hergewandert, während er zu den gut dreißig im neuen Hauptquartier versammelten Hobbypolizisten gesprochen hat. Die Hobbypolizisten sofort mucksmäuschenstill, weil der General eine Ausstrahlung, gewaltig.

Das Podium haben die Männer perfekt hergerichtet, die Tische schön mit weißen Tischdecken, alles selber gemacht. War gar nicht so einfach, in die neuen Räumlichkeiten eine nette Atmosphäre zu zaubern, weil sie sind ja erst vor ein paar Wochen in das neue Hauptquartier im Arnold-Schwarzenegger-Stadion eingezogen, aber nicht dass du glaubst, in die Hausmeisterwohnung vom Köck, die wäre ja zehnmal zu klein gewesen, sondern direkt von der Straße hinein, wo früher der *GratisGrazer* drinnen war, aber der ist ja jetzt ganz nobel in die Innenstadt gezogen.

Hinter den Scheiben, durch die man nicht richtig hinausgesehen hat, weil halbdurchsichtiger Werbeaufdruck, war sogar gerade ein großes Spiel im Gang, Sturm Graz gegen Austria Wien. Aber die Männer nur am General interessiert. Drei Mikrofone haben sie auf die weiße Tischdecke gestellt, eines für den General in der Mitte, eines für den Trafikanten Würnitzer, links vom Publikum aus gesehen, und eines für den Oberst Weblinger, rechts vom Publikum aus gesehen. Die Glatze vom Weblinger hat wahnsinnig im Scheinwerferlicht gespiegelt, weil der wollte seine Kappe nicht mehr recht aufsetzen, so stolz war er auf die zwei Wochen alte Narbe, die sich quer über seine Glatze gezogen hat.

»Wir alle sind hier versammelt, weil wir voll Sorge sind um unsere Heimatstadt«, hat der General in sein Mikrofon gesagt, da war es noch ganz still im Saal und draußen im Stadion auch noch nicht viel Wirbel, mehr so ein Raunen, weil da ist noch kein Tor gefallen.

»Die schöne Stadt an der Mur, in der ich geboren und aufgewachsen bin, in der viele von euch geboren oder zumindest aufgewachsen sind und die wir alle noch in Erinnerung haben als Heimatstadt, die uns stets ein Gefühl von Geborgenheit und Sicherheit vermittelte, wo wir unsere Frauen, wo wir unsere Kinder gut aufgehoben wussten, weil eine Nachbarschaftshilfe noch existierte, weil es ein Miteinander noch gab, weil es eine gemeinsame Sprache noch gab, weil man nicht einen Passanten auf der Straße, den man um eine Auskunft bitten wollte, zuerst einmal fragen musste, sprechen Sie Deutsch –«

An dieser Stelle ist zum ersten Mal Unruhe, ein kaum hörbares Murmeln unter den Zuhörern aufgekommen.

»– weil eine Frau, ein Kind auf offener Straße nicht dreisprachig um Hilfe rufen musste, damit es vielleicht doch einmal verstanden wird –«

Klein und gebückt ist der General am Podium hin- und hergegangen, und der hat ganz leise, fast schüchtern in sein Mikrofon hineingeredet, ohne Zettel, alles frei gesagt, fast zurückhaltend, als wäre es nur eine Probe, als wollte er auf keinen Fall irgendjemanden aufstacheln, aber der hat die

Männer derart in Spannung versetzt, dass denen jetzt die ersten Rufe und Klatscher ausgekommen sind, und man hätte wirklich glauben können, das immer stärker werdende Raunen draußen, der unterdrückte Jubel, wenn ein Ball knapp daneben gegangen ist, die Sprechchöre der fünfzehntausend Stadionbesucher gelten auch dem General, die Fünfzehntausend haben nur keine Karten mehr bekommen für die Veranstaltung mit dem General, jetzt müssen sie von draußen zuhören.

»– weil!«, hat der General jetzt zum allerersten Mal seine Stimme eine Spur angehoben und ins Publikum geschaut, »noch nicht an jeder Kreuzung ein Drogenhändler, ein Bettler, ein Zigeuner, ein Neger gestanden ist –«

Mein lieber Schwan, jetzt ist es losgegangen im Saal unten, die begeisterten Zwischenrufe und der Szenenapplaus haben den General gezwungen, eine kurze Pause zu machen, während der er konzentriert in den Boden hineingestarrt hat, und jetzt hätte er sich ganz einfach zurücklehnen und den Applaus genießen und es sich sparen können, den vor drei Minuten begonnenen Satz wirklich noch zu beenden, aber der General streng zu sich selber, streng zu Graz, streng zu seinen Sätzen, jetzt ist er den Jubelrufern direkt ein bisschen in die Parade gefahren:

»– dieses Graz! Meine Herren, diese unsere Heimatstadt, der wir so viel verdanken, braucht unsere Hilfe.«

Dann ein Applaus, da hätte man direkt Angst um den General kriegen können, weil viel hat nicht gefehlt, und die Hobbypolizisten hätten die Bühne gestürmt und den dürren General so lange in die Luft geworfen, bis sie ihm noch den letzten Knochen gebrochen hätten.

Aber es wäre nicht der General gewesen, wenn er nicht auch das in den Griff bekommen hätte. Er hat dann, nachdem die Runde sich wieder halbwegs beruhigt hat, nur mehr ein paar Sätze gesagt, lobende Worte für die Tüchtigkeit der Hobbypolizisten und vor allem für den geschäftsführenden Brigadier Würnitzer, der alles so wunderbar aufgebaut hat, und dann hat der junge Trafikant und Hobbybrigadier Würnitzer selber das Wort ergriffen.

Der Würnitzer ist für seine Rede ebenfalls aufgestanden, auch ein bisschen hin- und hergegangen, auch ein bisschen die Schultern eingezogen, quasi bescheiden, und man hat sogar das Gefühl gehabt, er redet ganz gleich wie der General, bis hinein in die Betonung der Wörter. Wie der »Sicherheit« gesagt hat, wie der »Drogen« und »Heimat« ausgesprochen hat, da hätte man glauben können, die haben sich beim selben Schönheitschirurgen eine neue Zunge einsetzen lassen.

Die Stimmung ist von Minute zu Minute besser geworden, der Würnitzer oben immer mehr »Drogen«, immer mehr »unsere Frauen, unsere Kinder«, immer mehr »Sicherheit«, die Männer unten immer mehr Bier, und im Stadion draußen immer mehr unterdrückter Freudentaumel, immer mehr knapp vergebene Torchancen, aber akustisch hat man natürlich nicht sagen können: für die Wiener oder für die Grazer.

Den Hobbypolizisten war das sowieso egal, weil seit sie wegen dem Köck-Vorfall die offizielle Stadion-Gebäudeaufsicht wieder verloren haben, waren sie ein bisschen böse auf den Fußball. Die Stadionverwaltung hat den todesmutigen Einsatz vom Oberst Weblinger am Tatort nicht nur nicht honoriert, sie haben sogar ein paar kleinere Versäumnisse und Sicherheitsmängel, die bei der Gelegenheit zum Vorschein gekommen sind, zum Vorwand genommen, um den Vertrag zu kündigen, quasi: Seid froh, wenn wir euch nicht verklagen.

Aber den Mietvertrag für das neue Hauptquartier haben sie nicht kündigen können. Und der Brigadier Würnitzer hat jetzt etwas gemacht, wo ich schon sagen muss, Hut ab: Das macht ihm nicht so schnell einer nach. Wie er nach einer ganz kurzen Pause aus heiterem Himmel mit bebender Stimme in das Mikrofon hineingesagt hat, dass er eine bittere Nachricht hat. Weil er muss sich aus der Führung des Vereins zurückziehen.

Jetzt wirst du sagen, warum will der sich zurückziehen, wenn es doch gerade so gut läuft. Aber der hat sich das gut überlegt. Die Männer waren so still und betroffen wie ein Heimpublikum, das gerade ein Tor bekommen hat, draußen nicht diese Heimpublikumsstille, sondern nur die normale Stille eines Spieles, in dem schon länger nichts passiert ist, und der Würnitzer hat die Begründung ganz leise und immer noch mit zitternder Stimme in sein Mikrofon hineinsagen können:

»Angesichts der Zuspitzung der Situation in den letzten Tagen kann ich die Verantwortung nicht mehr übernehmen. Ich kann beim besten Willen die Sicherheit für meine Männer nicht mehr garantieren in einer Stadt, wo wir von der staatlichen Exekutive nicht den geringsten Schutz zu erwarten haben.«

Bei »Exekutive« sind im Saal ein paar höhnische Gluckser laut geworden, aber sonst nach wie vor absolute Stille.

Der Würnitzer hat aber jetzt die Lautstärke doch wieder ein bisschen hinaufgedreht: »Die Grazer Sicherheitslage hat sich derart verschärft, dass wir in einer ein-zigen Woche –«

Der Würnitzer hat für das Betonen der »ein-zigen Woche« fast eine halbe Woche gebraucht und dabei so erbost in das Publikum geschaut, als wäre von dort ein störender

Zwischenruf gekommen, aber natürlich kein Zwischenruf, weil der zornige Blick hat ja nicht seinen Männern gegolten, sondern der Grazer Sicherheitslage.

»– ich sage, in einer ein-zigen Woche zwei schwerstverletzte Männer aus unseren Reihen zu beklagen haben.«

Jetzt war natürlich der Teufel los, aber der Brigadier Würnitzer hat einfach in den Wirbel hineingesprochen: »Und wenn ich in der Zeitung lese, wenn ich im Radio höre, wenn ich im Fernsehen sehe, dass der Grazer Politik, dass der Grazer Polizei, dass sämtlichen Grazer Medien dazu nichts weiter einfällt, als dass wir selber Schuld daran sind, weil wir die Herren von der Drogenmafia provozieren, wenn alle diese gescheiten Herrschaften das so sehen und so sagen, dann muss ich mir doch als halbwegs intelligenter, zur Selbstkritik fähiger Mensch irgendwann die Frage stellen: Vielleicht haben sie Recht?«

Absolute Stille. Und der General hat dem Brigadier Würnitzer jetzt einen sehr respektvollen Blick hinübergeschickt, weil der Würnitzer hat sich von der Stille im Saal unterbrechen lassen, als könnte er den rauschenden Proteststurm im Inneren seiner Männer hören. Und die schrille Schiedsrichterpfeife ist vom Schweigen des Würnitzer zu einem kindischen Spielplatzlärm degradiert worden.

»Vielleicht muss ich einfach sagen«, hat der Brigadier Würnitzer nach der Unterbrechung weitergeredet, »alle diese gescheiten Herrschaften miteinander können sich doch gar nicht irren. Wahrscheinlich bin doch ich es, der sich irrt, wenn er die Lage unserer Heimatstadt zu schwarz sieht. Wahrscheinlich hat der Oberst Weblinger, der wie durch ein Wunder schon wieder hier bei mir auf dem Podium sitzen kann, wahrscheinlich hat der gute Weblinger sich die klaffende Wunde auf seinem Kopf selber zugefügt. Wahrscheinlich hat unser junger Kollege Baumgartner, der immer noch im Krankenhaus liegt, die Zigeunermafia zu sehr mit seinem Fotoapparat provoziert. Wahrscheinlich sind wir selbst Schuld, weil wir die Drogenhändler provozieren und so den Frieden stören, den die Grazer Kripo zum Wohl unserer Stadt mit der friedlichen Drogenszene geschlossen hat. Und wahrscheinlich haben wir uns mit der konsequenten Überwachung der Drogenlokale doch einer zu gewaltigen Provokation schuldig gemacht. Besonders wenn man bedenkt, dass mit der Pasolini-Bar der wichtigste Drogenumschlagplatz der Grazer Schickeria zufällig im Besitz der attraktiven Gattin des Grazer Kripochefs Aschenbrenner ist.«

Der Würnitzer hätte gern noch weitergeredet, aber es ist dann etwas passiert, was den Männern wahnsinnig gefallen hat. Aber nicht dass du glaubst, ich rede von dem eins zu null, das die Grazer draußen gerade geschossen haben. Bei einer vergebenen Chance kann man es akustisch ja nicht so leicht unterscheiden, weil beide Seiten aufstöhnen, aber bei einem Tor der Heimmannschaft weißt du es sofort.

Jetzt wenn es nicht das Tor war, was war es dann, das derartige Emotionen im Hauptquartier ausgelöst hat, dass der eine oder andere Hobbypolizist seine Baseballkappe noch ein bisschen tiefer in die Stirn gezogen hat, damit man es nicht so feucht in seinen Augen schimmern sieht?

Pass auf, der Oberst Weblinger ist zum Brigadier Würnitzer hinüber, hat ihm das Mikrofon aus der Hand genommen und hat als Betroffener, als einer der beiden Schwerverletzten, und auch im Namen des Schwerverletzten Baumgartner, wo er gesagt hat, ich bin mir ganz sicher, dass ich auch in seinem Namen spreche, den Brigadier zum Bleiben aufgefordert.

Und natürlich Applaus, dass dem Brigadier Würnitzer auf

offener Bühne die Tränen heruntergelaufen sind, so etwas hat es in Graz noch nicht gegeben.

Und erst, nachdem der Brigadier Würnitzer gesagt hat, dieser gewaltige Vertrauensbeweis überzeugt ihn, dass er jetzt doch bleibt, ist langsam wieder Ruhe eingekehrt.

Da muss ich schon sagen, Hut ab vor dieser Führungsqualität, weil der Brigadier Würnitzer hat genau gewusst, wie er seine Truppe zusammenschweißt, gerade jetzt, wo vielleicht der eine oder andere durch die vielen Gewaltakte kalte Füße bekommen hat.

Aber der Würnitzer war dann emotional so aufgewühlt, dass er für die normalen Tagesordnungspunkte das Mikrofon doch dem Oberst Weblinger überlassen und sich wieder an den Tisch gesetzt hat, wo er vom General gleich herzlich umarmt worden ist.

Der Oberst Weblinger natürlich nicht halb so eine Persönlichkeit, ein bisschen steif ist er auf dem Podium gestanden, aber mit der Narbe hat er schon gut ausgeschaut, und die normalen Tagesordnungspunkte hat er tadellos über die Bühne gebracht.

Punkt eins, neue Kandidaten, weil nur nicht nachlassen, wenn die Drogenmafia glaubt, sie kann die Reihen lichten.

»Ich freue mich ganz besonders«, ist er gleich zur Sache gekommen, »dass ich euch schon heute, während unser Kollege Baumgartner noch im Krankenhaus liegt, einen neuen Aspiranten für den freiwilligen Dienst auf der Straße vorstellen kann.«

Jetzt neugierige Blicke und zaghafter Applaus, während der Oberst Weblinger dem Neuen gedeutet hat, er soll auf die Bühne kommen. Der Neue hat sich seine Kappe noch ein bisschen tiefer in die Stirn gezogen. Nicht, weil er Angst gehabt hat, man sieht ihm die Rührung an, sondern weil er

Angst gehabt hat, seine neuen Kollegen erkennen ihn an der Schussverletzung, und dann natürlich gute Nacht.

»Und es ist nicht irgendwer, der unsere Reihen verstärkt«, hat der Oberst versucht, Stimmung für den neuen Mann zu machen. »Unser neuer Kollege ist sogar ein Vollprofi. Ich bin sicher, dass er es bei uns noch weit bringen wird. Seine Ausbildung hat er bei der Grazer Polizei genossen, als man dort noch wusste, wie man auf der Straße für Recht und Ordnung sorgt. Er hat sich aber rechtzeitig von diesem Verein verabschiedet, um unsere Reihen zu verstärken.«

Der Oberst Weblinger hat eine einladende Geste in die hinterste Reihe gemacht, und die X-ler gleich wieder sehr brav applaudiert, während der Brenner auf das Podium geklettert ist.

Ich glaube, der Brenner hat sie ziemlich beeindruckt, weil er dem Oberst Weblinger mit diesem dumpfen Bullen-Gesichtsausdruck in die Augen gestiert hat, den sie selber immer wieder vor dem Spiegel geübt und nie so recht zusammengebracht haben. Da war jetzt im Saal doch ein gewisser Respekt vor der über die Jahre gereiften Original-Mimik zu spüren, die nur entsteht, wenn ein Leben lang jedes bisschen Angst mit einer doppelten Portion Aggression überspielt wird.

Und sie haben ja nicht wissen können, dass der Brenner den Oberst Weblinger nicht aus polizeilicher Gewohnheit gar so forschend ins Visier nimmt, sondern schlicht und einfach aus Angst, er könnte ihn plötzlich wiedererkennen und sich auf offener Bühne für die Kopfnarbe revanchieren. Und irgendwie hat der Brenner sich eingeredet, er hätte in den Worten, mit denen der Oberst Weblinger ihn vorgestellt hat, einen leichten Unterton gehört. Aber das ist das Verhexte an der Angst, man nimmt überall einen Unterton wahr. Und in den Augen vom Oberst Weblinger hat der Brenner jetzt wieder nichts erkannt, weil der hat genauso dumpf zurückgeschaut, vielleicht wollte er sich nur beweisen, er kann das genauso gut wie der echte Expolizist.

Wie der Oberst Weblinger ihm dann ein paar launige Fragen gestellt hat, war der Brenner sicher, dass er sich den Unterton nur eingebildet hat. Dass nur sein eigenes Unbehagen Schuld war an dem Gefühl. Weil wohl war ihm natürlich nicht in seiner Haut, es ist einfach nicht angenehm, als Spitzel auf das Podium zu steigen und so einem Idiotenverein beizutreten.

Da glaubt man immer, einem Spitzel macht das nichts, das gehört zu seinem Beruf, so wie es bei einem Arzt zum Beruf gehört, dass er Beine amputiert, Organe entfernt und als Dank dafür noch jedem sein Ohr leihen darf. Aber das stimmt nicht, einen Arzt zermürbt das auch, und beim Brenner hat man jetzt sehr gut gesehen, dem Spitzel macht es auch etwas aus.

Um es zu überspielen, hat der Brenner ein bisschen übertrieben ins Publikum gewinkt. Er hat geglaubt, jetzt hat er es hinter sich, er kann sich wieder vom Podium verziehen, aber da hat der Oberst Weblinger ihn zurückgehalten. Weil jetzt hat der Neue noch den Eid schwören müssen.

Der Oberst Weblinger hat eine Bibel auf den Tisch gezaubert, das Publikum hat applaudiert, der General und der Brigadier Würnitzer haben gelächelt, der Schiedsrichter hat gepfiffen, und der Brenner hat geglaubt, er träumt schlecht. Und wie zum Hohn haben seine Augen, die vielleicht unwillkürlich ein Tageslicht gesucht haben, jetzt auch noch die spiegelverkehrten Reklamebuchstaben entziffert, die den Blick in das Stadion versperrt haben. Ob du es glaubst oder nicht, »REM« ist da spiegelverkehrt gestanden, und natürlich war das nur ein kleiner Teil eines Reklamespruchs, der eine ganze Reihe von Fenstern undurchsichtig gemacht hat, aber der Brenner hat das noch aus der Polizeischule gewusst, REM-Phase, wo man im Aufwachen viel Blödsinn träumt, jetzt hat er gehofft, gleich wache ich auf.

Aber er ist nicht aufgewacht, sondern der Oberst Weblinger hat ihm immer noch die Bibel für den Schwur hingehalten.

»Die Kappe«, hat der Oberst gesagt.

»Was?«

»Für den Schwur. Die Kappe abnehmen und die Hand auf die Bibel legen.«

Mein lieber Schwan. Die Kappe, die er dem Würnitzer in seiner Trafik abgekauft hat, ist wirklich kein Glücksbringer für ihn gewesen. Weil jetzt ist ihm nichts anderes übrig geblieben. Er hat seine linke Gesichtshälfte ein bisschen vom Weblinger weggedreht und gehofft, dass vielleicht doch schon genug Haare drüber gewachsen sind. Mit der rechten Hand hat er die Kappe gehalten, die linke hat er auf die Bibel gelegt. Natürlich nicht mit der Handfläche nach oben wie bei der Handleserin, sondern mit der Handfläche nach unten. Aber interessant.

Er hat wieder genau das gleiche Gefühl mitten in seiner Handfläche gehabt wie bei der Handleserin, wo er geglaubt hat, allein ihr Blick brennt ihm ein Loch in die Hand. Und während er noch gebetet hat, dass seine Haare die Schussverletzung verdecken, hat der Oberst Weblinger ihm schon die Hand mit seinem Militärmesser derart an die Bibel genietet, dass dem Brenner beim Davonrennen noch ein paar Schritte lang das heilige Buch an der Hand geklebt ist wie einem vergoldeten Evangelisten.

# 13

Der Tomas ist in seiner Wohnung auf der Couch gelegen, hat abwechselnd auf den riesengroßen und auf den winzig kleinen Bildschirm geschaut und sich gefragt, wo der Brenner steckt.

Also auf dem winzig kleinen Bildschirm hat er ihn ja gehabt. Du musst wissen, das war der Fotoapparat, den der Tomas im Schlamm vor dem Campingwagen seiner Tante gefunden hat, sprich der Fotoapparat des Hobbypolizisten Baumgartner, der sich fast an seiner eigenen Kamera verschluckt hat.

Und das Gute an diesen neumodischen Geräten ist ja, dass man sich die Fotos gleich in der Kamera anschauen kann, schön mit Datumsangabe noch dazu. Jetzt interessanter als die letzten Fotos, wo der Brenner mitten in der Nacht aus dem Campingwagen gekommen ist und wo man dann am allerletzten Bild überhaupt nur mehr verschwommen seine Faust gesehen hat, waren die Fotos zwei Tage vorher. Wo der Brenner die Handleserin das erste Mal besucht hat. Der Brenner beim Einsteigen, der Brenner eine Stunde später, wie er wieder herauskommt. Und dann fünf Minuten später kriegt die Handleserin gleich wieder Besuch. Dieses Foto hätte den Brenner bestimmt interessiert. Aber der Tomas hat nicht gewusst, wo er den Brenner findet. Jetzt hat er sich den Mann immer wieder angeschaut. Aber gekannt hat er ihn nicht.

Den Mann am großen Bildschirm hat er schon gekannt. Weil da ist gerade Fußball gelaufen, Sturm Graz gegen Austria Wien im Arnold-Schwarzenegger-Stadion. Beim Tomas ist den ganzen Tag der Fernseher gelaufen, aber normalerweise immer nur Musikvideos, das war einfach eine Sucht von ihm. Den ganzen Tag, sobald er mit dem Putzen im Krankenhaus fertig war, hat er zwischen den verschiedenen Musikkanälen hin und her geschaltet, weil irgendwo ist immer gerade was Gutes gelaufen.

Und mit Fußball hat man ihn jagen können. Der Tomas war zwar als Kind so ein guter Läufer, dass ihn auf der Straße immer wieder einmal unbekannte fette Männer angesprochen haben und ihn zu einem Verein locken wollten, aber hingegangen ist er nur ein einziges Mal, und heim hat ihn dann schon die Rettung gebracht, weil sie ihm gleich beim ersten Training die Ferse gebrochen haben.

Jetzt wie gibt es das, dass der Tomas mit dem Fotoapparat in seiner Wohnung liegt und sich mit einem Auge das Fußballspiel Austria Wien gegen Sturm Graz anschaut, Live-Übertragung aus dem Arnold-Schwarzenegger-Stadion?

Zuerst ist er natürlich nur versehentlich beim hin und her Schalten auf den Sender geraten, und wie er schon wieder wegschalten wollte, auf einmal dieses bekannte Gesicht. Der kommt mir so bekannt vor, hat der Tomas überlegt. Also nicht aus dem Fernsehen, privat bekannt. Zwischendurch ein bisschen Fußballspiel, das war ein ödes Gestocher, und dem Tomas ist vorgekommen, dass keiner von denen richtig laufen kann, weil lauter plumpe Stiere, und er war froh, dass ihm keiner von denen auf die Fersen steigen darf. Aber wie er schon wieder wegschalten wollte, wieder die Großaufnahme von dem Trainer-Gesicht. Den kenne ich, hat der Tomas überlegt. Rötliches Bärtchen, rötliche Haare, erschrockene Augen. Der Tomas hat nicht gewusst, wo er ihn hintun soll.

Weil du darfst eines nicht vergessen. Der Tomas ist schon viel herumgekommen in der Welt, vor allem, wie er noch mit den Bands mehr unterwegs war, und da hat er oft einmal nicht gewusst, in welche Stadt er ein Gesicht tun soll. Allein in den letzten drei Jahren hat der Tomas in fünf Städten gewohnt, Amsterdam, Antwerpen, dann Leverkusen, und bevor er nach Graz gekommen ist, noch kurz in München.

Seine beste Band hat er in Leverkusen gehabt, und auch ein super Name, pass auf: »The Ex«. Der Name ist wahnsinnig gut angekommen bei den Leuten, weil die haben geglaubt, eheliche Anspielung oder Alkohol, aber kein einziger hat kapiert, dass es für »The Jimi Hendrix Experience« gestanden ist. Der Tomas ist jetzt, während der Fernseher wieder die gehbehinderten Spieler gezeigt hat, ein bisschen ins Träumen geraten, wie gut er damals Gitarre gespielt hat, bevor er es mit den Mitteln ein bisschen übertrieben hat, und vielleicht doch auch in Graz noch einmal eine Band, einen Bandbus hätte er schon gehabt, weil er war gerade dabei, den Campingbus von seiner Tante herzurichten, nur die Bremsen haben noch gefehlt.

Dann wieder das erschrockene Gesicht, also das muss der Trainer von den Wienern gewesen sein, sonst hätte er jetzt nicht so traurig geschaut, wie die Grazer das eins zu null geschossen haben. Schadenfroh hat ihn die Kamera in Nahaufnahme gezeigt, und zu allem Überfluss haben sie ihn noch so gefilmt, dass es ausgesehen hat, als würde er direkt vor der Werbeaufschrift stehen, die in Wirklichkeit zehn Meter hinter ihm, noch hinter den richtigen Werbebanden, ein bisschen im Schatten gehängt ist. »LUS TIG SAMMA« ist links vom rothaarigen Trainerkopf auf drei gleich großen

Tafeln gestanden, also beim »SAMMA« die Buchstaben ein bisschen gequetscht, anders wäre es sich nicht ausgegangen, und rechts vom Trainerkopf wieder auf drei gleiche Rechtecke verteilt »PUN TIGA MER«, aber das »TIGA« nicht gequetscht, weil das »I« braucht ja keinen Platz auf dieser Welt.

Der Tomas hätte wetten können, dass er mit dem traurigen Gesicht vor dem Idiotenspruch schon öfter zu tun gehabt hat. Ihm ist vorgekommen Leverkusen, damals hat er am besten verdient, weil jede Woche zwei Auftritte mit The Ex, und das Nebengeschäft ist auch wahnsinnig gut gegangen, sprich Haarwuchsmittel.

Sein Bassist hat das Zeug besorgt, ein richtig guter Bassist ist das gewesen, aber jetzt leider frühestens in drei Jahren der nächste Auftritt möglich, und das auch nur bei guter Führung, und der Tomas hat es ein bisschen an die Lokalbesucher weiter verdreht. Und siehst du, daher hat er den Trainer gekannt, der ist manchmal in Leverkusen zu ihren Konzerten gekommen, weil wahnsinnig musikinteressiert.

Und jetzt ist dem Tomas wieder eingefallen, warum der rothaarige Schlurf so viel Geld gehabt hat, weil der Bassist hat einmal erwähnt, ein bekannter Fußballtrainer. Aber weil der Tomas damals auf Fußball regelrecht allergisch war, hat er darauf nicht geachtet. Und jetzt muss dieser Leverkusen-Trainer aus Musikinteresse nach Wien gegangen sein, anders gibt es das nicht.

Der Tomas wollte schon wieder wegschalten, weil momentan weder Band noch Haarwuchsmittel, jetzt hätte ihm der gute Kunde so oder so nichts genützt. Und wie es oft so geht, wenn man umschaltet, sieht man in letzter Sekunde etwas Interessantes und schaltet noch einmal zurück. Oft im Leben ist dann das interessante Bild, zu dem man zurückschaltet, schon wieder weg, und womöglich hat man in letzter Sekunde im anderen Sender, von dem man gerade zurückgehüpft ist, auch wieder im Umschalten was Interessantes gesehen, das dann, nach dem abermaligen Zurückschalten, auch wieder weg ist, und ewig so hin und her das ganze Leben lang.

Oft, sage ich. Aber nicht immer. Weil jetzt beim Tomas das interessante Bild sogar noch interessanter als vorher, sprich in Zeitlupe. Immer wieder haben sie es gezeigt, eine Wiederholung nach der anderen. Du musst wissen, der Tomas hat schon seit zwei Jahren keine richtigen Drogen mehr angerührt, aber bei diesem Zeug ist es ja so, dass es manchmal einfach zurückkommt, auch wenn du es nicht mehr nimmst. Jetzt hat er zu schwitzen angefangen und sich ein bisschen an sich selber festgeklammert, weil er hat geglaubt, es ist wieder einmal so weit, und das gibt es nicht in Wirklichkeit, dass er schon wieder einen Bekannten im Fernsehen sieht.

Und ich muss ganz ehrlich sagen, ich kann es verstehen, dass er das geglaubt hat. Weil hinter dem Wiener Trainer hat sich auf einmal das »MER« von »PUN TIGA MER« in eine zersplitternde Glasscheibe verwandelt. Vom Lebensglück und diesen Dingen ist man es ja schon gewöhnt, dass sie uns an der Nase herumführen und sich erst in dem Moment anschauen lassen, wo sie verschwinden, aber eine vollkommen uninteressante Fensterscheibe im Arnold-Schwarzenegger-Stadion macht es heute schon genauso und entpuppt sich erst in der Sekunde als das, was sie ist, wo sie sich in Nichts auflöst.

Aber nicht dass du glaubst, jemand hat den Ball hineingeschossen, weil in diesen versteckten Stadionwinkel hat sich noch nie ein Ball hinverirrt, und wenn schon, hätte die

Scheibe es ausgehalten, weil kein Fußball auf dieser Welt ist jemals mit so einer Wucht durch eine Scheibe gedonnert wie dieser untersetzte Mensch, der Kopf voran durch das explodierende »MER« in das Stadion herausgesprungen ist.

Manchmal sagen ja die gescheiten Leute, Fußball ist nur ein Ersatz, der Mann muss immer irgendwas irgendwo hineintun, einen Ball in ein Tor, eine Pistolenkugel in einen Kopf und, und, und. Bisher hab ich auf dieses Gerede nicht viel gegeben. Aber wie jetzt der Brenner durch die Scheibe herausgeschossen ist, hat es schon so ausgesehen, als wäre alles andere im Leben nur ein Ersatz für so einen Moment vollkommener Erfüllung. Wo du selber als menschliche Kugel eine doppelt unsichtbare, einerseits gläserne, andererseits buchstabenbedruckte Schranke durchbrichst und aus deinem dumpfen Kellerloch in einen unendlich weiten und lichten Raum eintrittst.

Mein lieber Schwan. Noch bei der zweiten und dritten Wiederholung auf der riesigen Videowall im Stadion haben die fünfzehntausend Zuschauer den Atem angehalten. Und dann ist ein derartiger Jubel im Stadion ausgebrochen, zuerst unter den Zuschauern und dann sogar unter den Spielern, dass der Schiedsrichter das Spiel unterbrochen hat.

Der Tomas hat dann langsam auch wieder mit dem Schnaufen angefangen. Immer wieder haben sie es gezeigt, einmal in Zeitlupe ohne das Klirren, dann wieder in Originalgeschwindigkeit mit dem Klirren, weil da haben sie hinter dem Wiener Trainer ein Mikrofon für Trainerflüche versteckt, darum hat man das so gut gehört, wenn sie es in der normalen Geschwindigkeit gezeigt haben, wie es das »MER« rund um den Brenner zerrissen hat. Dann wieder gespenstisch und tonlos in Zeitlupe. Wie der Brenner durch die Scheibe herausspritzt, sich irgendwie noch abfangen kann und nach ein paar Stolperschritten direkt vor dem Wiener Trainer zu liegen kommt.

Der Tomas hat es immer noch nicht glauben wollen. Er hat sich immer noch eingeredet, dass die Drogen aus irgendeinem Winkel in seinem Hirn zurückgekommen sind, und er hat immer noch gehofft, dass sie bald wieder verschwinden. Weil zwei Bekannte aus vollkommen unterschiedlichen Bereichen seines Lebens im Fernsehen, das hätte er noch verkraften können, aber die beiden haben sich so wahnsinnig erschrocken angeschaut, wie es in der Wirklichkeit nicht vorkommt.

Sicher, der Trainer hat immer so erschrocken geschaut, die Augen von dem dürften das rein aus Gewohnheit so gemacht haben. Aber der Brenner hat nicht einmal so erschrocken geschaut, wie er aus dem Koma aufgewacht ist. Dieser Schreck in den Augen vom Brenner hat den Tomas so mitgenommen. Er hat ja nicht wissen können, dass der Brenner vom Anblick des Trainers so schockiert ist, weil es das Gesicht war, zu dem auch der tote Köck aufgeblickt hat, quasi Todesengel.

Und sogar die beiden zu Tode erschrockenen Blicke hätte der Tomas vielleicht noch irgendwie wegstecken können, ohne dass er Zuflucht gesucht hätte bei der Hoffnung, es hat mir die Drogen wieder heraufgespült. Aber das Messer war ihm einfach zu viel. Und sogar dass dem Brenner ein Messergriff aus seinem Handrücken gestanden ist, hätte er vielleicht irgendwie verkraften können. Aber jetzt haben sie immer wieder und immer wieder in Zeitlupe gezeigt, wie der Brenner sich vor dem Austria-Wien-Trainer langsam das Messer aus der Hand zieht.

Aber interessant. Dieses Bild haben sie nur noch in Zeitlupe wiederholt, nie zwischendurch in Originalgeschwindigkeit, wahrscheinlich, weil es kein besonders interessantes Geräusch erzeugt, wenn du dir ein Messer aus der Hand ziehst, das schmatzt ja nicht weiß Gott wie aufregend.

Trotzdem ist dem Tomas bei der fünften oder sechsten Wiederholung so schlecht geworden, dass er richtig erleichtert war, wie die Stadionpolizisten den Brenner endlich abgeführt haben.

Die Polizisten haben den Tomas wieder beruhigt. Wie die Polizisten den Brenner gepackt haben, hat der Tomas es endgültig geglaubt, dass er nicht den Verstand verloren hat, sondern dass er das wirklich gerade im Fernsehen gesehen hat. Er hat den Fotoapparat geschnappt, und obwohl er so weiche Knie gehabt hat, als wäre er selber durch eine Scheibe gesprungen, war er zehn Minuten später schon vor dem Schwarzenegger-Stadion.

Pass auf, der Tomas hat sich gedacht, die haben garantiert im Stadion eine Zelle für randalierende Zuschauer, und vielleicht kann ich den Brenner irgendwie erwischen und ihm das Foto zeigen. Weil er war jetzt auf einmal sicher, dass der Brenner ohne das Foto nicht mehr lange leben wird.

# 14

Der Brenner ist in dem bequemen BMW-Beifahrersitz gesessen und hat versucht, nichts voll Blut zu machen. Weil die Scheibe natürlich. Und das Messer natürlich. Aber ob du es glaubst oder nicht, am schlimmsten ist dem Brenner vorgekommen, dass sein Aug wieder schlechter geworden ist.

Er hat Angst gehabt, dass der Sprung durch die Scheibe womöglich für seine Operationsnarbe schlecht war. Weil ein Prozent Rotstich auf seinem linken Aug war das garantiert nicht mehr. Zehn, zwanzig Prozent mindestens. Möglicherweise hätte er doch noch länger Ruhe geben müssen. Dass der Professor Hofstätter eben doch Recht gehabt hat mit seiner Warnung.

Vielleicht kennst du das auch, wenn man so eine diffuse Sache hat. Das nimmt man oft wichtiger als ein paar Glassplitter im Gesicht, wichtiger als eine Stichwunde in der Hand. Es ist nur eine Kleinigkeit, vielleicht nur Einbildung. Aber gerade dadurch bedrohlich. Weil es könnte auch tödlich sein. Es könnte bei dem Sprung durch das Fenster nicht nur das Glas zersplittert, sondern auch die Naht hinter dem Aug wieder aufgegangen sein. Und eine dünne Scheibe ist das nicht gewesen, durch die der Brenner gesprungen ist, sondern eben schon eine Scheibe, wo man sagen muss, gerade dass er nicht abgeprallt ist.

»Du weißt ja, was es bedeutet, wenn ein Kripomann sich mit einem Spitzel sehen lässt«, hat der Major Heinz gesagt, während er den BMW gewendet hat.

»Dass es sich um einen Ex-Spitzel handelt«, hat der Brenner gesagt und dabei geradeaus geschaut, weil lieber nicht den Heinz anschauen. Lieber die Augen vergleichen.

»Sehr richtig. Du wirst als der am schnellsten enttarnte Spitzel in die Polizeigeschichte eingehen.«

Der Brenner hat überlegt, ob er ihm nicht doch einen Blutfleck auf seine Ledersitze machen soll.

»Ich hab dich aus der Randalierererzelle holen lassen, damit dich die X-ler nicht noch einmal abfangen. Das war das Letzte, was ich für dich getan habe. Ich bring dich jetzt noch ins Krankenhaus, und dann –«

Und dann hätte der Major Heinz fast wirklich jemanden ins Krankenhaus gebracht. Aber nicht den Brenner, sondern den Fußgänger, der ihm ins Auto gerannt ist. Der Major Vollbremsung, dass der Brenner sich schon wieder den Kopf angeschlagen hat, weil natürlich nicht angeschnallt.

Gott sei Dank ist der Passant wieder aufgestanden. Er hat die Autotür aufgerissen und sich entschuldigt. Aber nicht dass du glaubst, beim Fahrer entschuldigt. Beim Beifahrer entschuldigt!

»Entschuldigung«, hat der Passant zum Brenner gesagt. »Aber Sie haben im Stadion etwas verloren.«

Dem Major ist die Sprache weggeblieben, weil er hat es nicht glauben wollen, dass der ihm absichtlich in das Auto gelaufen ist, nur um dem Brenner die Billigsdorfer-Kamera zurückzugeben.

Und dem Brenner ist die Sprache weggeblieben, weil der Tomas ihm die Kamera vor die Nase gehalten und gesagt hat: »Aber es funktioniert noch alles. Schauen Sie!«

Weil der Tomas hochintelligent, und der hat sich gedacht, der Brenner weiß bestimmt nicht, wie man bei diesen neumodischen Kameras die Fotos anschaut. Jetzt hat er ihm den Apparat vor die Nase gehalten und schnell die Fotos durchgeklickt.

»Sehen Sie, vorwärts, rückwärts«, hat er dem Brenner vorgezeigt, »funktioniert alles noch. Datumsanzeige, alles wie neu.«

Der Major hat den Gang eingelegt und ist losgefahren, dass es den Tomas zur Seite geschleudert hat.

Der Brenner war froh, dass die Reifen gequietscht haben. Er hat dem Herrgott gedankt, dass der Motor aufgeheult hat. Weil sein Herz hat so laut geschlagen, dass er gefürchtet hat, der Major könnte es hören. Er hat Angst gehabt, der Major könnte aus dem Augenwinkel das Foto gesehen haben, das der Hobbypolizist von ihm gemacht hat, wie er fünf Minuten nach dem Brenner die Handleserin besucht hat. Er hat Angst gehabt, der Major Heinz macht es mit ihm genauso wie mit den beiden Zeugen in Hostice. Er hat Angst gehabt, dieses Mal ist es mit dem Schmerz umgekehrt. Weil bei der letzten Kugel, die er in den Kopf gekriegt hat, ist der Schmerz lange nach der Kugel gekommen. Und jetzt hat er seit dem Sprung wieder diese Schmerzen in seiner Schläfe gehabt, und er hat gefürchtet: Gleich wird die Kugel nachkommen.

Aber der Heinz hat nicht seine Waffe gezogen. Er hat nur gesagt: »Dann hast du ja wenigstens einen kleinen Gewinn gemacht.«

»Was?«

»Die Kamera.«

Weil siehst du, Missverständnis, und der Heinz hat geglaubt, das ist die Dienstkamera, die sie ihm bei den Hobbypolizisten noch vor seiner Enttarnung ausgehändigt haben. Und Dienstkamera war es ja auch wirklich, schön mit dem »X« gekennzeichnet.

Jetzt hat der Brenner sich ein bisschen beruhigt, das Herz auch wieder eine Spur leiser. Und der Heinz hat ihn dann wirklich auf dem Parkplatz vor der Nervenklinik aussteigen lassen, weil der Brenner hat ihn gebeten, dass er ihn nicht in das Unfallkrankenhaus bringt, sondern nach Puntigam links, wo er gute Beziehungen zu den Ärzten hat.

Er ist in die Ambulanz hinein, und nachdem der Stich verbunden und die zwei, drei Splitter aus dem Gesicht herausgezupft waren, alles miteinander halb so wild, hat er sich im Foyer gleich aus dem Telefonbuch die Privatadresse vom Major Heinz herausgesucht. Geidorf, das passt, hat der Brenner gedacht, aber er hätte selber nicht sagen können, warum. Und dann hat er sich auf den Weg nach Hause gemacht. Weil das Großelternhaus ja nur zweihundert Meter entfernt, sprich das Moped auch nur so weit entfernt.

Und ob du es glaubst oder nicht. Beim Mopedfahren hat ihn das linke Aug mehr gestört als der Verband an der Hand. Das war kein Rotstich mehr, das war schon der reinste Rotschleier. Dreißig Prozent mindestens, hat er sich eingeredet. Und natürlich Angst vor dem Blindwerden.

Und besonders, wie er dann durch den Tunnel beim Grabengürtel Richtung Geidorf gefahren ist. Vierzig Prozent sind das jetzt schon mindestens, hat der Brenner überlegt, während er mit dem Moped durch den Tunnel gerast ist. Weil im Grunde ist ihm vorgekommen, er sieht überhaupt nichts mehr mit dem linken Aug. Und der gemeine Schmerz, obwohl er noch seine letzten Schmerztabletten geschluckt hat, bevor er auf das Moped gestiegen ist. Das hat ihn jetzt schon ein bisschen beunruhigt. Aber interessant, er hat sich nicht mehr vor dem Sterben gefürchtet. Er hat nur noch den Zeitpunkt gefürchtet, dass ihm die Ader zu früh aufgeht und sein Hirn erdrückt, bevor er beim Heinz die Waffe mit dem verbauten Lauf gefunden hat.

Das Mopedfahren hat ihm aber gut getan. Ich weiß nicht warum, aber das war beim Brenner immer schon so, Moped und alles gut. Eine gewisse Schwerelosigkeit. Du wirst sagen, Gefahr für die öffentliche Sicherheit, wenn so ein halb blinder Mopedfahrer seit Tagen nicht mehr geschlafen hat. Und das stimmt schon, besser wäre es gewesen, er hätte ein bisschen geschlafen, aber da redet man als Außenstehender leicht.

Weil seit der Brenner das Foto gesehen hat, wie der Heinz fünf Minuten nach ihm in den Campingwagen steigt, ist irgendein Instinkt in ihm aufgewacht, quasi Killer. Da hätte man glauben können, der kleine rote Punkt am Tunnelausgang kommt jetzt gar nicht von seinem roten Aug. Sondern das ist dieser rote Laserpunkt, mit dem heute die modernen Pistolen ihr Ziel markieren, so ist er durch den Tunnel dem roten Augenfleck auf seinem Visier nachgeflogen wie die reinste Pistolenkugel.

Natürlich, gedreht haben der Brenner und sein Moped sich nicht im Tunnel, Gott sei Dank muss ich sagen, und eine Pistolenkugel muss sich ja drehen, die muss ja ihren Drall haben, sonst eiert sie durch die Weltgeschichte und kriegt keine klare Richtung in ihre Gedanken. Der Drall ist das Wichtigste für eine Pistolenkugel. Außer du hast einen verbauten Lauf, dann macht dir der Drall einen Kratzer in die Kugel hinein. Und darum war ja der Brenner jetzt so wahnsinnig schnell zum Haus vom Major Heinz unterwegs, weil er sich eingebildet hat, er findet bei dem eine private Waffe, einen Verbau, der die Kugel ankratzt.

Und ehrlich gesagt, der Brenner ist auch eher durch den Tunnel geeiert wie eine angekratzte Kugel in einem total verbauten Lauf, sprich gemeingefährlich. Weil der Schlafmangel, und fast hätte er ein einäugiges Auto übersehen, das ihm entgegengekommen ist. Mein lieber Schwan, das war wirklich knapp. Ich sage ja, beim Mopedfahren bist du immer mit einem Bein im Grab. Und wenn sich dann noch zwei Einäugige in einem Tunnel begegnen, und es geht gut aus, kann ich nur sagen, das ist der Beweis. Diesen Tunnel muss die Schutzengelmafia unter ihrer Kontrolle gehabt haben. Weil nichts passiert. In letzter Sekunde hat der Brenner doch noch einen Schlenkerer genau in die richtige Richtung gemacht, und er hat den einäugigen Japaner nicht gestreift.

Dafür hat ihn etwas anderes gestreift. Nicht dass du glaubst, Flügel von einem Schutzengel, so ist das auch wieder nicht, dass die da altmodisch mit Flügeln herumschwirren, sondern heute schon alles rein geistig. Aber ein Gedanke hat ihn gestreift. Weil wenn du dein Grab-Bein im letzten Moment gerade noch einmal herausziehst, hinterlässt das natürlich eine gewisse Aufregung in deinem ganzen dings, und dann bist du durch die Energie-Ausschüttung auch gedanklich angeregt.

Ob du es glaubst oder nicht: Während er selber auf dem Moped durch den Tunnel gerast ist, ist ihm in aller Ruhe der Gedanke durch den Kopf spaziert, dass es jetzt fast zwei Tote auf einmal gegeben hätte, wie damals in Monza die zwei Motorradrennfahrer. Jarno Saarinen und Renzo Pasolini. Aber das war noch nicht der ganze Gedanke. Das war erst, sagen wir, ein Bein von dem Gedanken, und während der Brenner den Gedanken, der erst mit einem Bein in seinem Hirn gestanden ist, endlich ganz herunterziehen wollte, zuerst das zweite Bein, dann den ganzen Gedanken schön hereinziehen in den Erinnerungsfriedhof und nie mehr hinauslassen, ist ein Hupkonzert im Tunnel losgegangen, dass der Gedanke auf und davon war.

Mein lieber Schwan, Hupkonzert in einem Tunnel, das ist ein fürchterlicher Terror. Und ich muss sagen, die haben mit Recht gehupt, weil der Brenner hätte wirklich nicht während der Fahrt dauernd sein rotes Aug im Helmvisier untersuchen sollen. Er hat immer noch nicht mit Sicherheit sagen können, ob man es schon von außen sieht oder nicht. Diese Frage hat ihn ganz nervös gemacht, und ich muss auch sagen, da kannst du sogar ohne Gedanken zum kleinen Philosophen werden. Sehe ich das Aug nur rot, weil es wirklich schon rot ist, oder sehe ich es nur rot, weil ich drinnen den Schleier drauf habe, weil ich mit dem Schauen das in Wirklichkeit gar nicht rote Aug rot einfärbe. Und im Grunde wäre es sogar eine Erleichterung gewesen, wenn das Aug wirklich rot gewesen wäre. Weil rotes Aug nicht so schlimm, wie wenn der Rotschleier weiter drinnen im Kopf hängt, und an einem roten Aug ist noch niemand gestorben, quasi optimistischer Gedanke.

Sicher kein Zufall, dass er diesen optimistischen Moment genau jetzt gehabt hat, wo er wieder aus dem Tunnel hinausgekommen ist. Und gleich der nächste optimistische Gedanke: Vielleicht ist der Fahrtwind gut für mein Aug. Weil so dicht war der alte Helm nicht, da hat es natürlich unter dem Visier hereingezogen, frage nicht. Die kalte Zugluft womöglich gut für mein linkes Aug, hat er gehofft, so wie für manche Krankheiten nicht das Warme gut ist, sondern das Kalte, die Gefäße ziehen sich zusammen, oder anderes Beispiel, Blutflecken wäscht man ja auch mit kaltem Wasser heraus, jetzt hat der Brenner sich eingebildet, der Fahrtwind zieht ihm vielleicht den Schleier weg, und er schafft es doch noch. Und weit hat er es ja nicht mehr gehabt zur Heinz-Wohnung in Geidorf, wo er die Waffe finden wollte.

Aber vor dem Haus war es wieder vorbei mit der Leichtigkeit. Weil vom Moped absteigen. Auf einem Moped hast du automatisch die beschwingte Stimmung, da kann der Müdeste kurz vergessen, wie schwer sein Körper und wie beschissen sein Leben ist. Aber jetzt beim Absteigen hat er bemerkt, wie sein Körper ihn hinuntergezogen hat.

Mit dem Helm am Kopf ist er neben seinem Moped gestanden und hat sich gefühlt wie ein umgekehrter Astronaut. Weil die Astronauten ja immer weiß Gott wie schwerelos im Weltall, und der Brenner hat es jetzt büßen müssen, weil das Gewicht, das die Astronauten der verschiedensten Länder über die Jahrzehnte im Weltall gelassen haben, wenn sie schön schwerelos herumgesegelt sind, das muss ja irgendwo hingekommen sein, so ein Gewicht verschwindet doch nicht einfach. Jetzt hat der Brenner gespürt, wie das ganze Gewicht von den verschiedensten Astronauten, früher nur amerikanische und russische, später alle möglichen Astronauten, einer schwereloser als der andere, und heute die Millionäre, die müssen ja auch noch das Weltall mit ihrer Schwerelosigkeit beehren, aber keiner macht sich Gedanken, wo das Gewicht hingeht, das sind ja zusammengerechnet Tonnen und Abertonnen, und der Brenner hat jetzt gespürt, wie der ganze Gewichtsmüll in dem Moment, wo er von seinem Moped gestiegen ist, in ihn hineingefahren ist.

Aber ich sage immer, nichts hat nur Nachteile. Ein Schwereloser hat zum Beispiel Probleme, wenn er eine Wohnungstür eindrücken soll. Und der Brenner hat sich jetzt mit seinem durch wochenlange Schlaflosigkeit und jahrzehntelange internationale Schwerelosigkeit zusammengesammelten Gewicht nur ein bisschen an die Heinz-Tür lehnen müssen, und schon war er drinnen.

Weil so ist es im Leben. Die Lungenärzte sind selber die größten Kettenraucher. Die Lehrer nehmen heimlich die Finger zum Rechnen. Die Päpste haben den besten Sex miteinander. Und der Major Heinz, der viel in der öffentlichen Aufklärung, Verbrechensvorbeugung und so weiter im Einsatz war, hat wieder ein saumäßig schlechtes Schloss gehabt.

Und das war nicht das Einzige, wo dem Brenner sein Gewicht geholfen hat. Du musst wissen, der Brenner hat schon in seiner aktiven Polizeizeit nichts mehr gescheut als das Wohnungsdurchsuchen. Weil die unzähligen Schubladen. Das ganze Schubladenzeug. Was da zum Vorschein kommt! Das ist ja der Grund, dass schon viele Wohnungseinbrecher an Ort und Stelle Selbstmord begangen haben, weil sie einfach zu viel vom Leben gesehen haben.

Trotzdem muss ich sagen, ein Detektiv, ein Kripomann muss das einfach aushalten. Und das war früher schon auch ein bisschen die Unreife beim Brenner, dass er beim Durchsuchen derart unwillig war. Weil was sollen da die anderen sagen? Im Leben eines jeden Menschen überwiegen die sinnlosen Momente. Man würde sich lieber nur die guten Momente herausfischen aus dem Leben, aber andererseits, dann würde ja das Leben nur zwei oder drei Minuten dauern. Und die restliche Zeit muss man eben ein bisschen hineinbeißen, sprich Schublade.

Auf seine alten Tage hat der Brenner das auch so gesehen. Er ist nicht an der Heinz-Wohnung verzweifelt. Die Wohnung, durch die er immer noch mit dem Helm am Kopf gestapft ist, war riesengroß und ist immer größer geworden, Weltall nichts dagegen. Aber es hat ihn nicht geschreckt, weil seine gewaltige Astronautenschwere ist ihm zugute gekommen.

Du musst wissen, ab einer gewissen Schwere hast du keine psychische dings mehr, sondern nur noch reine Mechanik. Nicht das Schwebende wie beim richtigen Astronauten, sondern beim umgekehrten Astronauten das Rollende wie bei einer Lokomotive, bei der macht es auch das Gewicht, dass man sie nicht mehr aufhalten kann.

Die Schwere hat ihn von Schublade zu Schublade geschoben, schön bedächtig jeden Zettel umdrehen, schön alles zurücklegen, nur keine Ungeduld, weil ein nervöses Huhn findet nie etwas, ganz egal ob blind oder nicht, aber ein richtig schwerer Einäugiger findet alles. Und sogar, wie er unter den Teppich geschaut hat, ist er wieder aufgekommen. Und weiter mit seinen plumpen Bewegungen, überall hineingeschaut. Gebraucht hat er dafür natürlich schon dreimal so lange, als er in seiner besten Zeit, also ohne Loch im Kopf, ohne Splitter im Gesicht, ohne Loch in der Hand und mit viel Schlaf im Hintergrund gebraucht hätte. Und vor allem ohne sein irrsinniges Schädelweh, das seine Schmerztabletten einfach ignoriert hat, und ich glaube, er hat nur deshalb die ganze Zeit seinen Helm aufgelassen, damit er ihm den Kopf zusammenhält.

Das war dann auch das erste Brauchbare, was er gefunden hat. Die Kopfwehtabletten vom Heinz, da hat nicht viel gefehlt, und er hätte vor Gier die Packung noch mitgefressen. Und die Tabletten haben ihm wieder neue Hoffnung gegeben. Weil er hat jetzt gehofft, der Schmerz kommt vielleicht doch nicht vom Aug, sprich doch nicht vom Schuss. Weil auf einmal die Hoffnung: Es ist gar nicht die Schussverletzung. Es ist nur die Migräne. Vielleicht habe ich die Migräne gar nicht erschossen. Die Migräne hat sich nur tot gestellt, und jetzt rührt sie sich eben wieder, hat der Brenner gehofft, und die Ader macht wieder ihre Bewegungen wie eh und je.

Du musst wissen, die Schläfenader führt manchmal aus reiner Lust und Laune ihren Tanz auf, quasi Feuerwehrball, und die weiß das gar nicht, dass das ihrem Menschen wahnsinnig wehtut, weil eben vom Menschen aus gesehen nicht Feuerwehrball, sondern Migräne.

Ich sage immer, wir wissen das ja auch nicht, wenn wir auf einen Feuerwehrball gehen, oder meinetwegen Ausdruckstanz, oder wo den Brenner einmal vor vielen Jahren die Dorothea mitgenommen hat, weil die wollte auf einmal, dass man zu ihr Dorothea sagt, nicht mehr Dorli, seit sie das gemacht hat, wie hat das geheißen, Euri, wallende Gewänder und alles, Eurythmie, so hat die Dorothea dazu gesagt, und da machen bei uns viele Leute solche Sachen in aller Unschuld, aber sie überlegen nicht: Der liebe Gott kriegt Kopfweh davon.

Und wie das Sehvermögen auf seinem linken Aug jetzt langsam immer weniger und sein Gewicht immer höher und sein Schädelweh trotz Heinz-Tabletten immer ärger geworden ist, hat der Brenner auch ein bisschen dreingeschaut wie der reinste Ausdruckstänzer, der recht wichtig in das Jenseits blinzelt.

Aber vielleicht soll man nicht immer gleich vom Jenseits sprechen, wenn es nur Geräusche im Vorzimmer sind. Weil das war der eigentliche Grund, dass der Brenner derart jenseitig zur Wohnzimmertür geschielt hat. Das war überhaupt der Grund, dass der Brenner wieder aufgewacht ist. Weil er muss sich dann doch noch einmal auf den Teppich im Heinz-Wohnzimmer gelegt haben.

Entweder mein Ohr fängt jetzt auch zu spinnen an, hat

der Brenner zwischen REM-dings und endgültigem Aufwachen überlegt, oder ich höre ein Geräusch hinter der Tür. Und ich glaube fast, er hätte in dem Moment nicht sagen können, was ihm lieber gewesen wäre. Weil wenn dir im Hirn die Ader aufgeht, Lebensgefahr. Aber wenn ein Heinz früher heimkommt als geplant, auch Lebensgefahr.

Und bei solchen Sachen macht sich das gelernte Detektivhandwerk eben doch bezahlt. Wo man heute oft hört, ein Billigdetektiv genauso gut. Sicher, für Standardfälle kann ein Billigdetektiv auch einmal reichen. Aber den Qualitätsunterschied merkst du eben erst in haarigen Situationen. Und wenn der Brenner nicht vorhin ganz automatisch und ohne überhaupt darüber nachzudenken das Türschloss in Ordnung gebracht hätte und nicht jede Schublade wieder schön eingeräumt und jeden Zettel wieder an seinen Platz zurückgelegt hätte, wäre der Besuch jetzt garantiert ins Wohnzimmer gestürmt, ohne vorher lange die Schuhe auszuziehen.

Und so hat der Brenner gerade noch Zeit gehabt, dass er sich ins Schlafzimmer verzogen hat. Dass er unterwegs noch den Vorhang aufgezogen hat. Dass er sogar noch den Läufer mit dem Indianermuster richtig hingelegt hat. Und dass er in letzter Sekunde noch seinen Helm, den er beim Tablettenschlucken doch noch abgenommen hat, vom Sofa gefischt und ins Schlafzimmer mitgenommen hat.

Unglaublich, so viele Jahre hat der Brenner als Polizist und als Detektiv gearbeitet, und jetzt hat er sich zum ersten Mal im Leben unter einem Bett verstecken müssen. Hinter der Bettzeuglade war so ein kleiner Hohlraum, und da hat er genau hineingepasst. Aber nicht dass du glaubst, dort hat er dann die Walther gefunden. Gar nichts gefunden.

Er ist nur dagelegen und hat gehofft, er hat vielleicht Glück, der ungeplante Besuch geht wieder, der Heinz hat vielleicht nur schnell etwas holen müssen. Und wenn es einmal längere Zeit ruhig war, hat der Brenner sich auch gleich Hoffnungen gemacht, er ist vielleicht schon wieder weg, ich hab ihn nicht gehen gehört, vielleicht bin ich doch wieder kurz eingeschlafen. Weil du darfst eines nicht vergessen. Der Brenner hat wahnsinnig aufpassen müssen, dass er nicht noch einmal einschläft. Stell dir vor, der Heinz kommt ins Zimmer und hört den Brenner schnarchen. Todesurteil Hilfsausdruck.

Der Heinz ist aber nicht ins Zimmer gekommen. Eine Frau ist in das Zimmer gekommen. Mein lieber Schwan.

Du wirst sagen, das ist normal, dass ein junger Polizeimajor wie der Heinz nicht ganz alleine lebt, der hat eben auch sein Privatleben, und der wird nicht jeden Abend allein vor dem Fernseher sitzen. Das stimmt schon, das ist normal. Jetzt was ist nicht normal?

Nicht normal, dass es die Soili war.

Normal wäre vielleicht, dass die irgendwas in der Wohnung holt, vielleicht sogar etwas für ihren Mann. Aber nicht normal, dass sie es sich stundenlang in der Wohnung gemütlich macht. Normal ist vielleicht, dass man sich in einer fremden Wohnung auch einmal einen Tee macht und eine Zeitung durchblättert, wenn man schon einmal da ist. Aber nicht normal, dass die Soili sich jetzt auszieht und ins Bett legt.

Oder meinetwegen. Soll es von mir aus normal sein, dass so eine junge Frau, die mit einem alten Kracher verheiratet ist, ein Verhältnis mit seinem jungen Arbeitskollegen hat. Aber nicht normal ist es, wenn dieser Kollege Kriminalbeamter ist und gerade zwei Zeugen ermordet hat.

Nicht normal, dass ihr Mann einen Schlaganfall gekriegt hat, wie der Brenner ihm die falsche Kugel gezeigt hat.

Nicht normal, dass die Soili sich jetzt zehn Zentimeter über dem Brenner in den Schlaf geweint hat.

Aber ob du es glaubst oder nicht. Er hat sich immer noch nicht erklären können, was hier eigentlich los ist. Und wie es ihm dann gedämmert ist, hätte er gern darauf verzichtet. Weil nicht normal Hilfsausdruck.

# 15

So knapp war der Brenner an der Lösung, und er hat es immer noch nicht begriffen. Ich glaube, er wollte es nicht begreifen. Stattdessen hat er sich Gedanken über alles Mögliche gemacht. Er hat sich gewundert, dass der Heinz so dumm ist und das Berufliche mit dem Privaten vermischt. Mit der Frau von seinem Vorgesetzten noch dazu. Und jeder hat gewusst, der Aschenbrenner hat ihn zu seinem Nachfolger bestimmt, aber beruflich, nicht bei seiner Frau.

Da ist dem Brenner der Major Heinz direkt wieder ein bisschen sympathischer geworden, dass er so eine Schwäche hat. Weil unter uns gesagt, es war eine Schwäche, die dem Brenner auch schon das eine oder andere Mal sein Leben schwer gemacht hat. Und trotzdem muss ich sagen, ein bisschen Seitensprung, das wäre sich für die Soili und den Heinz noch ausgegangen, das hätte noch lange nicht diese Auswirkungen gehabt. Das Teuflische am Vermischen von beruflich und privat ist ja, dass es dann immer weiter geht, du glaubst, du kannst es kontrollieren, aber du kannst es nicht kontrollieren.

Und du darfst eines nicht vergessen. Dass die Soili ein Verhältnis mit dem Heinz gehabt hat, das war noch gar nicht das Private. Heutzutage, wo jeder ein Verhältnis mit jedem hat, fällt eine kleine Bettgeschichte noch nicht direkt ins Private, das ist noch mehr Smalltalk.

Jetzt wo fängt das Private an? Das Private kann man ganz leicht daran erkennen, dass einem meistens schlecht davon wird. So wie der Mensch gewisse Chemikalien nicht verträgt, ein Rattengift, ein Arsen, ein Zyankali, du merkst es erst, wenn es zu spät ist, aber dann brauchst du keinen Ernährungsberater, der dir erklärt, es ist nicht gut für dich, sondern du spürst es einfach, dass es aus ist, und mit dem Privaten ist es genauso, sobald du hineingetappt bist, alles aus. Und alte Kripo-Weisheit: Neunzig Prozent aller Morde rein privat.

Das Private hat der Brenner aber erst begriffen, wie der Schutzengel ihn das nächste Mal gestreift hat, sprich der Gedanke, den das Hupkonzert aus dem Tunnel vertrieben hat. Zuerst natürlich noch kein Gedanke, wie die Soili wieder in ihren blauen Fiesta gestiegen ist. Und wie er mit dem Moped hinter ihr hergefahren ist, sprich wieder mit einem Bein im Grab gestanden ist, auch noch kein Gedanke. Und wie sie durch den Tunnel in die Gegenrichtung gefahren ist, auch noch kein Gedanke, wo man glauben könnte, der fliegt vielleicht immer noch im Tunnel herum, aber keine Spur. Und wie sie vor dem Pasolini geparkt hat, immer noch kein Gedanke.

Jetzt hab ich dir vorher erklärt, der Gedanke ist mit einem Bein im Brenner gestanden, er hätte den Gedanken gern ganz hereingezogen, und da meint man natürlich, der Gedanke ist kleiner als der Mensch mit seinem Gehirn, weil wie sollte er sonst hineinpassen. Meistens ist es auch so, aber nicht immer, weil man hat keine Garantie. Es kann auch einmal ein Gedanke vom Himmel fallen, der aus der Ferne schön ausgeschaut hat, ein bezaubernd flackernder Lichtpunkt, den man gern aus der Nähe gesehen hätte, ein angenehmes Schutzengelflügel-Flattern, aber wenn dann der ganze Gedanke eintrifft, ist es kein Lichtpunkt und kein Flügel, sondern mehr so ein halber Planet, und er erschlägt dich, bevor du auch nur zum Denken kommst.

Aber erschlagen hat der Gedanke den Brenner noch nicht einmal, wie die Soili vor dem Pasolini geparkt hat. Noch nicht einmal, wie er fünf Minuten nach ihr ins Lokal hinein ist und sie nicht da war, hat der Gedanke ihn erschlagen. Und wie er vom Kellner erfahren hat, dass die Soili bei ihrer Mutter oben im ersten Stock ist, hat der Gedanke ihn auch noch nicht erschlagen. Du wirst sagen, wahrscheinlich hat er ihn erst erschlagen, wie er den Kellner gefragt hat, aus welchem Pasolini-Film das Schwarzweißfoto hinter der Bar eigentlich stammt. Weil natürlich aus gar keinem Film, sondern italienischer Motorradrennfahrer Renzo Pasolini.

Ein Wunder, dass er den Kellner noch gehört hat, weil das Hupkonzert aus dem Tunnel ist gleichzeitig in seinem Kopf losgegangen, und ihm ist jetzt vorgekommen, sie hupen alle miteinander »Lustig samma, Puntigamer«. Aber erschlagen hat es ihn immer noch nicht. Im Nachhinein ist es mir auch unverständlich. Aber aus irgendeinem Grund hat ihn die Einsicht, dass die Soili den Köck erschossen hat, erst eine gute Stunde später erschlagen.

# 16

»Maria Maric« ist an der Tür im ersten Stock über dem Pasolini gestanden. Klingeln wollte er aber erst, wenn die Soili wieder weg war. Er hat sich auf das Fensterbrett im nächsten Halbstock gesetzt und festgestellt, dass er jetzt am linken Aug vollkommen blind war. Irgendwie hat ihn das beruhigt, und nachdem die Soili sich von ihrer Mutter verabschiedet hat, ist er noch so lange sitzen geblieben, bis unten der Fiesta losgefahren ist, und dann hat er erst bei der Frau Maric geläutet.

Zuerst ist die weißhaarige Frau ein bisschen erschrocken und wollte die Tür schon wieder zumachen. Aber dann hat sie ihn doch wiedererkannt: »Ja, das ist aber nett, dass Sie mich besuchen!«

Der Brenner wollte gleich ein paar Begründungen ausgraben, warum er auf einmal zur Frau Maric nach Hause kommt, quasi die Soili hat mir die Adresse gegeben.

»Sie kommen genau richtig!«, hat die Frau Maric ihn aber gar nicht zu Wort kommen lassen. »Ich hab mir gerade einen Zitronenlikör eingeschenkt. Kommen Sie herein, der wird Ihnen schmecken.«

Jetzt warum nicht einen Zitronenlikör, ich werde deshalb nicht gleich sterben, hat der Brenner sich gesagt. Weil er hat jetzt seine linke Gesichtshälfte überhaupt nicht mehr gespürt, und in so einer Situation wirst du natürlich ernährungsbewusst. Aber andererseits, er hat den Likör auch gut brauchen können. Er hat sogar drei, vier Zitronenliköre gut brauchen können, und kaum dass sein Glas leer war, hat ihm die Frau Maric schon wieder nachgeschenkt.

Weil alte medizinische Weisheit. Wenn dir das Private den Magen umdreht, ist es immer gut, wenn du etwas in deinen Magen füllst, das dir ebenfalls den Magen umdreht, quasi ausgleichende Gerechtigkeit.

Und die Frau Maric hat nicht nur dem Brenner immer wieder nachgeschenkt, sondern auch sich selber jedes Mal schön nachgeschenkt. Du musst wissen, die Frau Maric war sehr für den Zitronenlikör, die hat ohne den Zitronenlikör den Optimismus verloren, aber mit Zitronenlikör Eins-a-Optimistin. Und da hat ihr die Soili jeden Tag ihre Flasche Zitronenlikör vorbeigebracht, weil das war eine Abmachung zwischen den beiden, die Soili hat gesagt, ich bring dir den Likör, dafür rührst du das Flaschenlager im Pasolini nicht mehr an.

»Trinken Sie noch einen«, hat die Frau Maric zum Brenner gesagt. »Sie brauchen nicht sparen. Ich kann uns auch noch eine Flasche aus dem Lokal heraufholen.«

»Das Lokal gehört eigentlich Ihnen, oder?«, hat der Brenner gesagt.

»1976 hab ich es aufgesperrt«, hat sie stolz gesagt. »Die Banken wollten mir damals nicht einmal einen Kredit geben.«

Der Brenner hat genickt. Kein Wunder, dass er sich nicht an das Lokal erinnert hat, er war in dem Jahr schon weg aus Graz, weil weite Welt, Linz, Salzburg, alles. Aber an das andere hätte er sich natürlich schon erinnern können. Wo die Melodie ihn schon die ganze Zeit mit der Nase draufgestoßen hat.

»Vorher war ich Kellnerin im Puntigamer Braugasthaus. Bevor ich die Soili gekriegt habe.«

Gepfiffen hat er jetzt aber nicht. Lieber hätte er sich die Zunge abgebissen, als jetzt seinem Unbewussten diesen Gefallen zu tun.

»Ah«, hat der Brenner stattdessen gemacht, aber das war kein richtiger Laut, mehr so ein besseres Räuspern, mehr so ein nervöses »ah-ah-ah«, wie es den Menschen manchmal entschlüpft, wenn sie andere Sachen unterdrücken.

Als Kind hat er öfter so komische Gewohnheiten gehabt, er hat selber nie genau gewusst, wie er dazu gekommen ist. Stundenlang hat er brütend beim Fenster hinausschauen können und dabei leise so Geräusche vor sich hin gemacht, mehr so mechanisch-rhythmisch: Ah-ah-ah-ah-ah. Aber fast tonlos, weil rein mit dem Kehlkopf. Wenn ihn seine Großmutter dabei erwischt hat, ist sie immer ganz wild geworden, ich glaube, die hat ein bisschen Angst gehabt, dass ihr der Brenner verrückt wird mit seinem sinnlosen ah-ah-ah. Ich kann das auch verstehen, das wirkt nicht sehr kindlich, solche Gewohnheiten haben sonst eher die Leute über hundert. Aber siehst du, man muss sich nicht immer gleich so Riesensorgen machen, weil der Brenner hat es sich im Lauf der Entwicklung wieder ganz von selber abgewöhnt, mit den ersten Mädchen hat sich das gegeben, und er hat bestimmt schon vierzig Jahre nicht mehr so komisch vor sich hin gegrunzt.

Und jetzt auf einmal war es wieder da, hinterrücks hat es ihn überfallen. Weil er sich das Pfeifen so krampfhaft verbissen hat. Aber das Wissen hat er sich ja trotzdem nicht verbeißen können.

Ich glaube fast, ganz früher hat er es getan, weil er mit den Geistern nicht recht einer Meinung war, die den Kindern oft einen Schreck einjagen, wenn sie freundlich herüberwinken, und da hat er die weggescheucht mit seinem Geräusch, also eine gewisse Abwehr. Ein gewisses Nichtwissen-Wollen. Und natürlich kein Zufall, dass ihn die alte Gewohnheit gerade in dem Moment überfällt, wo er kapiert, warum ihn der Ohrwurm schon so lange quält. Weil er hat es jetzt auch nicht wissen wollen. Aber es hat natürlich kein Zurück mehr gegeben.

Er hat das Foto, das er beim Köck gefunden hat, aus seiner Geldtasche geholt und ihr vor die Nase gehalten.

»Mein Gott, wie ich da ausschau«, hat die alte Frau Maric über die junge Maritschi gelacht. »Ein richtiges Hippie-Mädchen. Da waren wir noch jung, Brenner. Schade, dass du nicht auch drauf bist.«

Nicht dass es den Brenner gewundert hat, dass sie ihn erkennt. Aber die Ruhe, mit der sie damit herausgerückt ist, hat ihm schon imponiert, und er hat sich bemüht, wenigstens ein bisschen mit ihrer Ruhe mitzuhalten.

»Ich bin nicht drauf, weil ich das Foto gemacht habe.«

»Ja, einer muss immer das Foto machen«, hat die Frau Maric so gesagt, als würde sie damit die ganze Welt erklären.

Der Brenner hat sich gefragt, ob sie ihn erst jetzt erkannt hat, oder schon vorher, wie sie ihm die Tür aufgemacht hat.

»Wie der Saarinen da lächelt«, hat die Frau Maric gesagt, »genau wie die Soili.«

»Ich hab damals nicht gewusst, dass du schwanger warst«, hat der Brenner gesagt.

»Ich auch nicht«, hat die Frau Maric gelächelt. »Das ist mir erst nach seinem Begräbnis aufgefallen.«

»Und warum hast du das Lokal Pasolini genannt und nicht gleich Saarinen?«

»Gefällt dir der Name nicht?«

»Doch, das klingt sehr gut. Der Name gefällt mir sehr gut. Aber die Geschichte dahinter gefällt mir nicht.«

»Du hast ja ganz ein rotes Aug«, hat sie besorgt ausgerufen und sich vorgebeugt, um das Aug genauer anzuschauen.

Aber der Brenner hat sich jetzt nicht mehr ablenken lassen: »Du hast mich schon letztes Mal erkannt, oder?«

»Nein, nur bekannt bist du mir vorgekommen. Erst wie die Soili so dagegen war, dass ich mit dir rede, ist es mir spanisch vorgekommen.«

»Wieso war sie dagegen?«

»Weil du mich aushorchen willst. Wegen dem Köck.«

»Der Saarinen hätte sicher auch gewollt, dass wir herausfinden, wer den Köck erschossen hat.«

Die Frau Maric hat den Kopf geschüttelt. »Der Köck war mir nie sympathisch. Aber das hat er auch nicht verdient. Vor allem das mit dem Aug. Aber dein Aug schaut auch furchtbar aus.«

»Der Saarinen war mein bester Freund«, hat der Brenner gesagt.

»Er hat leider die falschen Freunde gehabt.«

Normalerweise wartet man ja, dass der Gastgeber nachschenkt. Aber der Brenner doch ein bisschen unangenehm berührt von dieser Antwort, jetzt hat er sich selber einen Zitronenlikör nachgeschenkt. Und wie das Glas leer war, doch noch eine Antwort: »Das mit der Raiffeisenkasse war aber nicht meine Idee.«

»Es war dem Köck seine Idee«, hat sie gesagt.

»Da tut man dem Köck auch Unrecht. Weil wir haben es alle miteinander geplant. Wir haben uns nicht viel dabei gedacht.«

»Das glaub ich dir gerne.«

»Es war mehr so ein Bubenstreich«, hat der Brenner gelächelt.

»Bubenstreich mit Pistole?«

Mein lieber Schwan, die Frau hat auf einmal streng schauen können, das hat gar nicht zum Zitronenlikör und der gemütlichen Wohnung gepasst. Und eine gewisse Bitterkeit in der Stimme, bei aller Freundlichkeit.

»Ich weiß auch nicht, warum die Nerven vom Saarinen so ausgelassen haben. Wenn er nicht in den Plafond geschossen hätte, wäre das Ganze vielleicht gut ausgegangen.«

Die Frau Maric hat mit einer steinernen Miene durch den Brenner hindurchgeschaut, dass ihm ganz anders geworden ist.

»Ich meine nur, da darf man nicht die ganze Schuld dem Köck geben«, hat der Brenner versucht, zu erklären, wie er es gemeint hat. »Sicher, er hat die Waffen besorgt. Und eine Waffe, die man in der Hand hat, kann auch leicht einmal losgehen. Aber Schuld war schon der Schuss vom Saarinen, dass wir so in Panik geraten sind. Und ohne den Schuss wäre es bestimmt anders ausgegangen.«

»Das glaube ich auch«, hat die Frau Maric gesagt und ist aufgestanden. »Ich werde dir auch etwas zeigen.«

Sie ist zu ihrer Kommode hinübergewackelt und hat eine Zeit lang in so einer Art Fotokiste herumgewühlt. Der Brenner hat Angst gehabt, sie kommt mit einem Haufen Fotos daher, und dann stundenlang die alten Fotos und die alten Geschichten.

»Drei Jahre nach seinem Tod hab ich das Lokal aufgemacht«, hat die Frau Maric gesagt, während sie die Kiste zurückgelegt und in ihrer Schublade weitergekramt hat. »Der Einzige von euch, der sich damals an mich erinnert hat, war der Erwin.«

Witwentröster, hat er insgeheim dem Aschenbrenner ins Sterbezimmer nachgeschimpft. Weil Witwentröster war für ihn das Allerletzte. »Er hat sich bestimmt rührend um die Soili gekümmert.« Das hat der Brenner sich nicht verbeißen können, aber Gott sei Dank, die Frau Maric ist gar nicht darauf eingegangen.

»Du hast gefragt, warum ich die Bar Pasolini und nicht Saarinen genannt habe.«

»Du wolltest den Saarinen für dich alleine haben.«

»Das vielleicht auch«, hat sie gelächelt, »das auch.«

Den Brenner hat es ganz nervös gemacht, wie lange sie in der Schublade gekramt hat.

»Aber in erster Linie«, hat sie gesagt, »war es Sympathie für den Renzo Pasolini, weil er zusammen mit dem Saarinen gestorben ist. Und wenn einem ein geliebter Mensch stirbt, dann glaubt man im ersten Moment auch, dass man mitgestorben ist. Aber das kann niemand verstehen, der das nicht selber erlebt hat.«

»Aber das Mädchen«, hat der Brenner gesagt. »Das war dir doch bestimmt ein Trost.«

»Eigentlich hätte ich mir einen Buben gewünscht. Den hätte ich Jarno getauft, nach dem Jarno Saarinen.«

»Ja, das hätte ihn bestimmt gefreut.«

»Aber ich glaube, dass ich sie nach der hübschen Witwe von seinem Liebling getauft habe, das hätte ihn auch gefreut.«

»Soili Saarinen«, hat der Brenner gesagt. Er hätte sich am liebsten in den Arsch gebissen, dass ihm das nicht früher aufgefallen ist, weil sein bester Polizeischulfreund hat immer wahnsinnig von der hübschen Finnin geschwärmt.

»Gefällt dir der Name?«, hat die Frau Maric gelächelt. Weil sie hat es dem Brenner an der Nasenspitze angesehen, dass er ihm gefällt. Oder hat sie auch in erster Linie gelächelt, weil sie endlich gefunden hat, was sie in der voll gestopften Schublade die längste Zeit gesucht hat.

Foto war es keines. Aber leichter ist dem Brenner dadurch natürlich auch nicht geworden, da wäre ihm ein Foto noch ungefähr von hier bis zur Hölle und zurück lieber gewesen als das, was ihm die Frau Maric jetzt mit beiden Händen zitternd vors Gesicht gehalten hat.

»Ist das das, was ich glaube, dass es ist?«, hat der Brenner gefragt, und im selben Moment hat er gespürt, wie sein Gewicht ihn durch den Boden in das Pasolini hinunterzieht.

Die Frau Maric hat die über dreißig Jahre alte Walther von ihrem verunglückten Freund mit beiden Händen festgehalten und so gezittert, dass er gefürchtet hat, allein vom Zittern könnte ein Schuss losgehen.

Und in dem Moment, wo er begreift, dass wirklich die alte Walther vom Saarinen die Mordwaffe war, spürt der Brenner schon, wie sein Gewicht ihn auch noch durch den Terrazzo-Boden der Pasolini-Bar in den Keller hinunterzieht.

»Ich hab mein Leben lang zu der Lüge vom Köck geschwiegen. Aber er hat unbedingt wieder damit anfangen und meinem Schwiegersohn das Leben zur Hölle machen müssen.«

Und in dem Moment, wo er begreift, dass die Soili erst durch den Erpressungsversuch vom Köck die Wahrheit über den Tod ihres Vaters erfahren hat, zieht ihn sein Gewicht auch noch durch den Kellerboden in die Erdkruste hinunter.

»Das war eine einzige große Lüge vom Köck, dass der Saarinen selber in den Plafond geschossen hat«, hat er die Frau Maric aus ein paar hundert Meter Entfernung sagen gehört. »Die Soili hat so lange keine Ruhe gegeben, bis ich gesagt habe: Das würde mich schon sehr interessieren, womit der geschossen haben soll. Wo ich ihm doch die Pistole noch in letzter Sekunde abgebettelt habe, bevor er mit euch zu der Raiffeisenkasse gefahren ist.«

Und während er begreift, dass die Frau Maric ihrer Tochter auch die Waffe gezeigt haben muss, um zu beweisen, dass ihr Vater den Schuss nicht abgegeben haben kann, spürt der Brenner, wie es ihn noch durch ein paar Kilometer Granit hinunterzieht. Und während er spürt, wie sein Gewicht ihn durch die gesamte Sialzone und auch noch aus der Sialzone hinaus und in die Conrad-Diskontinuität hineinzieht, hört der Brenner sich zur Frau Maric sagen: »Wenn man eine Waffe in der Hand hat, kann sie auch leicht einmal losgehen.«

Weil du darfst eines nicht vergessen. Eine Waffe in der Hand eines emotional aufgewühlten Menschen ist zehnmal gefährlicher als eine Waffe in der Hand eines Profikillers, weil Gefühle immer tödlich.

»Das hab ich ihm auch gesagt«, hat er aus ein paar Kilometer Entfernung die Stimme der Frau Maric gehört.

Weil Missverständnis, die Frau Maric hat geglaubt, der Brenner redet von damals, aber er hat jetzt im eigenen Interesse nur noch von jetzt geredet. Er war nicht ganz sicher, ob die Frau Maric ihm die Waffe nur zeigen will, quasi Beweis für die Unschuld vom Saarinen, oder ob sie damit auf ihn zielt, weil sie ihre Tochter vor dem Brenner schützen will.

»Du und der Köck, ihr habt die alte Geschichte wieder aufgebracht in Graz. Und irgendwie muss der Erwin sich verplappert haben. Und die Soili hat dann keine Ruhe mehr gegeben, bis ich ihr alles haarklein erzählt habe«, hat er die empörte Frau Maric sagen gehört, während er gespürt hat, wie sein Gewicht ihn auch noch auf der anderen Seite aus der Conrad-Diskontinuität hinauszieht und in die Basaltschicht hinein, die den gesamten Erdball umgibt, sprich Simazone.

Und während es ihn immer tiefer in die Simazone aus schwerem Basalt hineinzieht, fällt dem Brenner ein, dass sein Großvater ihn nie Simon genannt hat, sondern immer Sima, quasi altmodisch, aber bevor ihm das richtig bewusst wird, spürt er schon, wie es ihn schon wieder aus der Simazone und aus der Erdkruste hinaus, sprich in den Erdmantel hineinzieht, und was sind vierzig Kilometer Erdkruste gegen dreitausend Kilometer Erdmantel, weil sein Gewicht zieht ihn jetzt wie den reinsten Mister Universum dreitausend Kilometer durch den Erdmantel, und wenn du schon einmal so weit bist, zieht es dich auch noch aus dem Erdmantel hinaus und in den Erdkern hinein, frage nicht, und dann natürlich siebentausend Kilometer Erdkern.

Und erst in dem Moment, wo es zu spät ist, merkt der Brenner, dass es ihn auch noch aus dem Erdkern hinaus- und langsam, aber sicher mitten in die Hölle hineingezogen hat.

# 17

Aber nicht dass du glaubst, die Frau Maric hat mit der Walther geschossen. Im Gegenteil, die Frau Maric ist selber am meisten erschrocken, wie dem Brenner auf einmal das Blut aus dem Mund gekommen ist.

Schau, wenn du dir heute im besten Geschäft einen Anzug um deinen ganzen Monatslohn kaufst, dann kannst du darauf wetten, dass dir schon am ersten Tag irgendwo eine Naht aufgeht. Das ist fürchterlich, aber du kannst dich mit einem trösten. Es ist nicht so schlimm, wie wenn dir im Kopf eine Naht aufgeht. Weil das hat der Brenner gerade erlebt, er hat es selber noch nicht gewusst, dass ihm gerade die Naht aufgesprungen ist, er hat nur das Blut im Mund geschmeckt, weil das ist genau wie mit der Erde, die ihre Durchlässigkeit hat, wo eine Gartenschaufel ein Stück eindringen kann, wo ein Regenwurm sich seinen Weg bahnt, wo ein Wasser tief hinuntersickern kann, genauso hat auch der menschliche Kopf seine Verbindungsgänge, und da kann dir weit oben hinter dem Aug die Naht aufgehen, aber das Blut sickert durch die Schichten, und auf einmal schmeckst du es im Mund.

Gott sei Dank hat der Notarzt, den die Frau Maric sofort gerufen hat, aus der Zeitung gewusst, wer den Brenner operiert hat. Jetzt ist er mit ihm nicht in das Unfallkrankenhaus gefahren, und das hat dem Brenner vielleicht das Leben gerettet. Weil dreißig Stunden später ist er in Puntigam links schon wieder aufgewacht.

Und ob du es glaubst oder nicht. Beim Aufwachen hat der Brenner eine sehr schöne Musik gehört. Aber nicht Melodie in seinem Kopf, quasi Ohrwurm. Weil du kannst auch einmal in der Sigmund-Freud-Kinik aufwachen, und die Musik, die du hörst, hat nichts mit deinem Unbewussten zu tun, sondern ganz normale Musik, die durch das offene Fenster hereinkommt.

Du musst wissen, die Sigmund-Freud-Klinik ist nur durch die Bahnlinie vom Grazer Zentralfriedhof getrennt. Und von dort hat er einen Trauermarsch herübergehört. Das kommt ganz auf den Wind darauf an, an manchen Tagen höre ich auch Musik vom Friedhof zu mir herüber, und jetzt hat der Wind die Musik eben zum Brenner in die Klinik hinübergetragen.

Da hat er natürlich noch nicht wissen können, dass er ausgerechnet in dem Moment aufgewacht ist, wo sie drüben mit einem großen Ehrentamtam den Brigadier Aschenbrenner eingegraben haben.

# 18

Ich muss ganz ehrlich sagen, viel Besuch hat der Brenner auch dieses Mal nicht bekommen.

Nicht besucht hat ihn der Köck, nicht besucht hat ihn der Aschenbrenner, nicht besucht hat ihn der Saarinen. Weil alte Regel: Tote machen nicht gern Krankenbesuche. Nicht besucht hat ihn der Arnold Schwarzenegger, weil erstens weiter Weg, und zweitens: Eine Ohrfeige, die man mit Sechzehn von einem Dreizehnjährigen gekriegt hat, kann man nicht verzeihen.

Jetzt wer war der verkleidete Besuch, der ihn so aufgeregt hat? Pass auf, die Soili hat ihn besucht. Außerhalb der Besuchszeit ist sie gekommen, und er hat sie sofort erkannt, obwohl sie diesen Hut mit Trauerschleier getragen hat. Aber nicht dass du glaubst, Trauerschleier aus Trauer um ihren Mann. Sondern Trauerschleier aus Angst vor ihrem Liebhaber.

So hat der Brenner erfahren, dass die Soili sich gleich, nachdem sie den Köck erschossen hat, der Polizei stellen wollte. Du musst wissen, ausgeklügelte Mordfälle kommen selten vor. Meistens bringen Männer ihre Frauen um, ohne Plan, nur aus einer spontanen Gefühlsregung heraus. Aber es kann auch einmal eine Frau den Mann umbringen, der ihren Vater auf dem Gewissen hat.

Meistens rennen diese Täter gleich weinend zur Polizei,

und da bist du als Kripobeamter oft mehr Seelentröster als sonst was, weil Mörder meistens hochsensibel, und die brauchen ihr Geständnis möglichst gleich nach der Tat.

Und bei der Soili war es nur deshalb ein bisschen verzögert, weil sie die Kripo im eigenen Haus gehabt hat. Nicht nur der Mann bei der Kripo, auch der Geliebte bei der Kripo. Jetzt gibt es eine menschliche Regel, die man nirgends so gut studieren kann wie beim Mopedfahren. Beim Mitfahren hat man viel mehr Angst als beim Selberfahren. Vorne glaubt man noch, dass man die Situation im Griff hat, wo man sich am Rücksitz schon dreimal anscheißt.

Und beim Gefängnis ist das genauso. Selber stellt man sich ohne weiteres, man rennt zur Polizei und sagt: Da habt ihr mich, macht mit mir, was ihr wollt. Und sogar eine gewisse Erleichterung, weil endlich nicht mehr zuständig für das eigene Leben. Aber wenn die Freundin daherkommt und sagt, ich hab den Mann umgebracht, der meinen Vater in den Tod getrieben hat, und jetzt stelle ich mich der Polizei, dann wird derselbe Mensch ausrufen: Auf keinen Fall! Stell dich ja nicht! Das biegen wir schon hin.

Und bei der Soili war es ja doppelt verhext. Das musst du dir einmal vorstellen. Die wollte sich von Anfang an stellen, aber dauernd hat die Kripo sie daran gehindert. Am Anfang ist sie zum Heinz gelaufen, und der sagt, auf keinen Fall freiwillig stellen, das machen wir schon irgendwie. Und wie sie begriffen hat, was der mit »irgendwie« gemeint hat und dass der Heinz die zwei Zigeuner beseitigt hat, die sie am Faschingsdienstag ganz aufgelöst aus dem Stadion kommen gesehen haben, hat sie es auch noch ihrem Mann gebeichtet. Da wäre der Aschenbrenner gerade kurz auf dem Weg der Besserung gewesen, aber nach der Beichte natürlich.

»Auf einmal hab ich mich vor dem Heinz mehr gefürchtet als vor meinem Mann«, hat die Soili gesagt und den Schleier zusammengeknüllt wie ein altes Taschentuch, weil sie hat den Hut ja sofort abgenommen, wie sie im Zimmer war, und jetzt haben ihre Finger dauernd mit dem Schleier gespielt.

»Und wie hat dein Mann reagiert?«, hat der Brenner gefragt.

»Er hat gesagt, dass er es schon in dem Moment gewusst hat, wo du ihm die Kugel auf den Tisch gelegt hast. Die Aufregung war ja der Grund, dass ihn der Schlag getroffen hat. Er hat ja gewusst, dass meine Mama die Waffe noch hat, und er hat gewusst, dass ich gerade erst die ganze Wahrheit über eure Scheiß-Geschichte von meiner Mutter erfahren habe. Wie er die beschädigte Kugel gesehen hat, hat er nur zwei und zwei zusammenzählen müssen.«

»Aber es war ja die Kugel aus meinem Kopf.«

»Das hat er aber nicht gewusst. Weil der Heinz ja wirklich die Kugel verschwinden hat lassen.«

»Scheiße.«

»Das hat er auch gesagt, nachdem ich ihm alles erzählt habe.«

Und nicht nur gesagt hat er das, der Brigadier Aschenbrenner, es war sogar sein letztes Wort auf dieser Welt, und da muss ich sagen, vielleicht ein bisschen kurz und bündig für so einen besonderen Anlass, wo andere große Reden schwingen, aber sonst als Lebenszusammenfassung gar nicht so eine schlechte Wortwahl. Für die Soili war es natürlich bitter, wie sie bemerkt hat, dass sie ihrem Mann mit dem Geständnis einen kleinen Rückfall eingebrockt hat, aber lange hat er nicht mehr leiden müssen, weil am nächsten Tag ist er dann ja schon gestorben.

Eines hat er ihr aber vor dem letzten Wort noch mit auf den Lebensweg gegeben: Auf keinen Fall stellen! Und auf keinen Fall dem Heinz gegenüber noch einmal erwähnen, dass sie sich stellen will. Weil der Aschenbrenner hat ganz genau gewusst, die Soili ist sonst in Lebensgefahr.

»Nachdem ich das mit den Zeugen erfahren habe, bin ich ausgeflippt und hab dem Heinz gesagt, dass ich mich sofort stellen will. Und da ist er ausgeflippt.«

Weil der Heinz ist natürlich sehr böse geworden, wie die Soili noch ein zweites Mal mit diesem Wunsch dahergekommen ist. Kann man auch verstehen, nachdem er die Zeugen beseitigt hat. Aber er hätte es der Soili gegenüber nicht so direkt ausdrücken müssen, dass es nach zwei Morden auf einen dritten nicht mehr so ankommt.

Du musst wissen, nichts ist im Leben so gefährlich, wie wenn die Liebe sich umdreht.

Weil allgemein interessant, wenn die positiven Gefühle einmal weg sind, dann sind sie nicht einfach weg. Dann verwandeln sie sich gern in ihr Gegenteil. Da hat so manches Greuel auf der Welt mit Zärtlichkeit und Mitleid angefangen, ja was glaubst du, und vor lauter Liebe würde ich den linken Arm geben für dich, aber eines Tages, man hat es selber nicht richtig gewollt, steht der andere, dem man gerade noch den eigenen linken Arm spendieren wollte, ohne seinen linken Arm da, und du hast drei und weißt nicht wohin damit. Und das ist eben, weil die Skrupel nicht einfach weggehen, sondern oft einmal Gegenteil.

Deshalb ist die Soili ja in ihrer Verzweiflung zu ihrem Mann, der die ganze Geschichte nicht überlebt hat, und jetzt zum Brenner. Weil ob du es glaubst oder nicht: Der Brigadier Aschenbrenner immer gut über den Brenner gesprochen.

Und was sagt ihr der Brenner?

»Auf keinen Fall stellen!«

Das dürfte die Soili doch in ihren Sternen drinnen gehabt haben. Die Männer wollten einfach nicht, dass sie sich der gerechten Strafe ausliefert. Schon interessant, wenn man bedenkt, dass sie als Polizisten alle ein Leben lang auf der Seite der Gerechtigkeit unterwegs waren. Aber wahrscheinlich ist es mit der Gerechtigkeit genau gleich wie mit allen anderen Sachen. Wenn du sie zu sehr aus der Nähe kennst, glaubst du nicht mehr recht daran.

»Du darfst dich auf keinen Fall stellen«, hat der Brenner noch einmal gesagt, weil die Soili so ungläubig den Kopf geschüttelt hat. »Wir finden schon irgendeine Lösung.«

Die Soili hätte schon auswendig mitreden können bei diesen Sätzen, so gut hat sie das alles vom Heinz und vom Aschenbrenner gekannt.

»Du darfst mich auch nicht mehr im Krankenhaus besuchen«, hat der Brenner ihr gesagt. »Wenn der Heinz das mitkriegt, bist du tot. In einer Woche komme ich hier wieder hinaus. So lange darfst du dir vom Heinz nichts anmerken lassen.«

Die Soili hat so trotzig am Brenner vorbeigeschaut, als hätte er ihr gerade den fürchterlichsten Vorschlag ihres Lebens gemacht. Und ich muss ganz ehrlich sagen, es war auch der fürchterlichste Vorschlag ihres Lebens. Oder würdest du eine Woche lang mit einem Liebhaber verbringen wollen, wo du weißt, ein falsches Wort, und er räumt dich auf die Seite?

»Da stelle ich mich lieber gleich«, hat die Soili gesagt. »Dann ist endlich eine Ruhe.«

»Auf keinen Fall stellen!«

Der Brenner hat jetzt richtig gut verstehen können, dass den Brigadier Aschenbrenner an dieser Stelle der Schlag getroffen hat, weil ihn hat es auch fürchterlich aufgeregt.

»Dann musst du mir gleich helfen«, hat die Soili gesagt. »Nicht erst in einer Woche. Ich trau mich nicht mehr heim. Und zu ihm trau ich mich schon gar nicht. Aber wenn ich mich nicht mit ihm treffe, weiß er schon alles. Er ist sowieso schon misstrauisch genug.«

»Schließlich hat er es für dich getan.«

Da ist mit dem Brenner eben für einen Augenblick das Verständnis für den Liebhaber durchgegangen. Und ganz Unrecht hat er ja nicht gehabt. So furchtbar es war, was der Major Heinz getan hat, er hat es nicht für sich getan. Aber so ist es mit den Liebesgaben auf dieser Welt, die Empfänger heben sich leicht einen Bruch daran. Und da muss man jetzt den zornigen Blick der Soili auch wieder verstehen, schließlich hat sie den Heinz nicht darum gebeten.

»Du hast Recht«, hat er sofort gesagt, um sein Verständnis für den Heinz wieder gutzumachen und ihren Blick wieder loszuwerden, »es ist zu gefährlich. Aber ich kann nicht schon wieder zu früh aus dem Krankenhaus verschwinden. Der Professor Hofstätter hat gesagt, die Narbe ist mir aufgegangen, weil ich schon letztes Mal viel zu früh keine Ruhe gegeben habe.«

»Auf der ganzen Station reden sie davon, dass es ein Wunder ist, wie du das ein zweites Mal überlebt hast.«

»Eben.«

»Eben«, hat die Soili gesagt und so verzagt in sich hineingeschaut, dass der Brenner ihr am liebsten den Schleier-Hut aufgesetzt hätte, weil er hat diesen Blick nicht gut ausgehalten.

Sie hat den Hut aber nicht aufgesetzt. Sie ist einfach sitzen geblieben und hat mit diesem Blick, den der Brenner nicht ausgehalten hat, in sich hineingeschaut. Aber so ist es im Leben. Weil gerade durch die Resignation in ihren

Augen hat der Brenner dann eine Idee gehabt. Er hat sich erinnert, dass er irgendwo in seinem Leben schon einmal so schöne schwarze Augen gesehen hat. Nein, zweimal. Im Grunde sogar öfter, aber zweimal ist es ihm so richtig aufgefallen, dass er noch nie so schöne, schwarze Augen gesehen hat. Wie er am Neujahrstag aus dem Koma aufgewacht ist. Und wie er auf dem Weg nach Hostice auf dem Güterzug aufgewacht ist.

»Ich wüsste schon wen, der dich versteckt, bis ich hier entlassen werde. Aber ich fürchte, so schön wie du wohnt der nicht.«

Eine halbe Stunde später hat der Tomas die Soili schon abgeholt. Er hat sich extra in Schale geworfen, schwarze Anzugshose mit orangen Nadelstreifen, buntes Blumenhemd und darüber ein glänzendes Gilet mit glühenden Neon-Augen drauf, Jimi Hendrix nichts dagegen. Daneben die Soili in ihrem knöchellangen Kunstpelzmantel, die beiden haben so ein hübsches Paar abgegeben, dass der Brenner am liebsten doch noch gesagt hätte, ich komme mit. Aber er hat gewusst, jetzt ist es zu spät.

»In ein paar Tagen ist mein Campingwagen fertig«, hat der Tomas ein bisschen angegeben, »dann können wir überhaupt aus Graz verschwinden, wenn du willst.«

Weil er hat den Campingwagen von seiner Tante schon wieder fast so weit gehabt. Aber der Brenner natürlich abgewehrt und um Gottes willen, auf keinen Fall den Campingwagen, weil den kennt der Heinz ja, und ob der Tomas sich nicht erinnert, wie weit der Heinz fährt, wenn er wen erwischen will.

Die Soili ist bei diesem Gespräch gleich wieder ein bisschen nervös geworden, und der Brenner hat dann dem Tomas gesagt, er soll sich endlich auf die Socken machen.

Ganz einfach war das natürlich nicht für den Brenner, dass er die Soili mit dem Tomas davongehen lässt. Wenigstens hat er den Tomas jeden Morgen gesehen, weil Krankenzimmer putzen. Und der Tomas hat so eine Ruhe ausgestrahlt, und alles unter Kontrolle. Der Brenner hat ihn recht traktiert mit Anweisungen, dass die Soili auf keinen Fall die Wohnung verlassen darf, dass er nicht einmal den Pizzaboten in die Wohnung lassen darf, dass er keinem Menschen etwas davon erzählen darf und, und, und.

Der Tomas hat ihn reden lassen, und den Brenner hat es beruhigt. Jetzt was hat ihn beunruhigt? Beunruhigt hat ihn, dass der Tomas am Donnerstag nicht zur Arbeit gekommen ist. Zuerst hat er noch gehofft, es ist vielleicht der freie Tag vom Tomas. Aber am Gang draußen hat er sich bei seinem Kollegen erkundigt, und der hat sich auch gewundert, wo der Tomas bleibt, weil nicht sein freier Tag.

Um halb sechs Uhr früh hat der Brenner schon zum ersten Mal beim Tomas in der Wohnung angerufen, weil um fünf hat der Dienstbeginn gehabt, und um halb sechs ist der Brenner vor Nervosität schon aus der Haut gefahren. Nachher natürlich noch schlimmer, weil es hat niemand abgehoben, um drei nach halb sechs niemand abgehoben, um vier nach halb sechs niemand abgehoben, um fünf nach halb sechs niemand abgehoben. Was soll ich sagen, um drei Viertel sechs immer noch niemand abgehoben.

Um sechs niemand abgehoben.

Um halb sieben niemand abgehoben.

Zu Mittag niemand abgehoben.

Am Nachmittag hat der Brenner doch noch den Revers unterschrieben und sich zum zweiten Mal verfrüht aus Puntigam links verabschiedet.

»Ich hoffe, wir sehen Sie nie wieder in der Landesnervenklinik Sigmund Freud«, hat der Primar Hofstätter zum Abschied gesagt, weil ich glaube, es hat ihn nicht interessiert, den Brenner noch ein drittes Mal zu operieren.

Der Dr. Bonati hat ihm zum Abschied zugezwinkert und gesagt: »Ich hoffe, wir sehen Sie hier nie wieder.«

Ja siehst du, da gibt es überall so hauseigene Scherze, und in Puntigam links dürfte es die Sache mit dem »nie wieder« sein, weil der Oberpfleger hat es dann auch noch zum Brenner gesagt. »Hoffentlich sehen wir uns hier nie wieder, Herr Brenner.«

Nur die Schwester Corinna hat gar nichts gesagt, weil die hat gerade keinen Dienst gehabt, und die Schwester Vanessa hat nur beleidigt geschaut, quasi: Jemand, der so fahrlässig mit seiner Gesundheit spielt, beleidigt unseren Idealismus.

Er hat noch schnell den Umweg über sein Großelternhaus gemacht, weil er wollte daheim das Moped holen und damit zur Krankenschwesternsiedlung hinausfahren. Aber das Moped war nicht da. Daran erkennst du schon, wie nervös der Brenner war, dass ihn das gleich so wahnsinnig aufgeregt hat. Wo ist das Moped? Wieso ist das Moped nicht da?

Du wirst sagen, das Moped steht ja immer noch vor dem Pasolini, wenn er doch hinter dem blauen Fiesta von der Soili hergefahren und dann in der Wohnung von der Frau Maric zusammengebrochen ist. Gott sei Dank ist es dem Brenner dann auch wieder eingefallen, jetzt hat er sich wieder beruhigt und ist mit dem Taxi zum Pasolini gefahren. Und dann mit dem Moped zur Krankenschwesternsiedlung hinaus, wo der Tomas als U-Boot die Wohnung einer Schwester bewohnt hat, die für ein halbes Jahr bei einem Schamanen-Seminar in der Mongolei war.

Aber auf das Klingeln hat niemand reagiert, und auf das Klopfen an die Tür hat auch niemand reagiert.

»Ich bin's, der Brenner!«, hat der Brenner gebrüllt.

Und siehst du, darauf hat die Soili reagiert, und sie hat ihm die Tür aufgemacht.

Sie hat ausgeschaut wie ein Gespenst.

»Ich bin total verkühlt«, hat sie gesagt, wie sie den erschrockenen Blick vom Brenner bemerkt hat. Und dieses Mal hat es gestimmt, weil der Tomas war so ein Mensch, dem immer zu heiß war, der hat andauernd die Fenster aufgerissen, das sind eben die Probleme beim Zusammenleben.

»Wo ist der Tomas?«

Der Brenner hat sie dann sofort mitgenommen, nachdem sie ihm erzählt hat, wo der Tomas war. Das musst du dir einmal vorstellen. Im Grunde ist das schon fast etwas, wo man sich überlegen muss, ob man es weitererzählen darf. Weil Selbstjustiz an und für sich nicht sehr ding. Aber dir kann ich es ja erzählen.

Der Heinz hat überall die Soili gesucht, weil er natürlich geahnt hat, dass irgendwas im Busch sein muss, wenn die tagelang nicht auftaucht. Dann hat er wieder beim Campingplatz hinter dem Ostbahnhof herumgeschnüffelt. Wie der Tomas gerade mit zwei Freunden an den Bremsen herumbastelt, kommt der Heinz ganz offiziell als Kripomann daher und erkundigt sich nach der Handleserin.

»Wann war das?«, hat der Brenner nervös gefragt.

»Gestern Abend.«

»Und? Was hat der Tomas getan?«

»Sie haben den Heinz in den Campingwagen gelockt und –«

»Und?«

»– und sind mit ihm nach Hostice gefahren.«

Der Brenner hat auf die Uhr geschaut. »Wenn sie durchgefahren sind, müssten sie schon dort sein.«

Er hat sich lieber nicht vorgestellt, was die mit dem Doppelmörder anstellen. Und er hat es der Soili angesehen, dass sie von denselben Gedanken gequält wird. Weil vor dem Heinz hat sie sich jetzt nicht mehr fürchten müssen, aber um ihn hat sie auf einmal fürchten müssen. Und wenn jemand jahrelang dein Freund war, dann ist dir sein Leben nicht von einem Tag auf den anderen vollkommen egal.

Zu allem Überfluss sind ausgerechnet jetzt aus der Nebenwohnung diese Laute herübergekommen. Da dürfte eine Krankenschwester ihren freien Tag gehabt haben, oder vielleicht Nachtdienst, dass sie sich am späten Nachmittag im Aufwachen mit ihrem Freund so lautstark vergnügt hat.

»Ich weiß nicht, was mit der Frau los ist«, hat die Soili den Kopf über ihre Nachbarin geschüttelt, »das geht jeden Nachmittag so.«

Der Brenner hat überlegt, was er fragen könnte, um von der Situation abzulenken.

»Manchmal weiß ich nicht, ob sie sich vergnügen oder ob sie sich gerade gegenseitig umbringen«, ist die Soili nicht mehr von den störenden Lauten losgekommen.

»Das weiß man bei diesem Spaß nie genau«, hat der Brenner gesagt, quasi Philosoph. Und weil die Soili dann völlig verstummt ist, hat er doch noch einmal nachgefragt: »Deine Mutter hat dir früher nie was davon erzählt, wie der Saarinen ums Leben gekommen ist?«

»Sie hat mir immer erzählt«, hat die Soili gelächelt, »dass mein Vater bei der Verfolgung eines bewaffneten Bankräubers gestorben ist.«

Jetzt war der Brenner fast froh über die Laute aus der Nebenwohnung, weil sonst hätte er womöglich zu lachen oder zu weinen angefangen. »Wie hast du die Geschichte erfahren?«

»Am zweiten Adventssamstag hat bei uns um ein Uhr früh das Telefon geklingelt.«

»Das war der Köck. Er hat angerufen, weil ich gerade bei ihm war.«

»Du weißt ja wahrscheinlich, dass der Köck für meinen Mann als Spitzel gearbeitet hat. Und wie der Erwin ihn loswerden wollte, hat der Köck ihn mit der alten Geschichte unter Druck gesetzt. Ich erinnere mich noch gut, wie ihn der Anruf aufgeregt hat.«

»Und dann hat der Aschenbrenner es dir auch erzählt?«

»Mir nicht. Aber dem Heinz. Der Heinz war der Einzige, dem er sich anvertraut hat. Er war sowieso gesundheitlich schon so angeschlagen, dass er sich auf seinen Rückzug vorbereitet hat. Mir hätte er es nie erzählt. Er hat ja nichts gewusst vom Heinz und mir.«

»Und du hast es vom Heinz erfahren?«

»Der Heinz hat es mir nur verraten, weil es meinen Mann betroffen hat. Wahrscheinlich hätte er es mir auch nicht erzählt, wenn er geahnt hätte, dass der verunglückte Motorradfahrer mein Vater war.«

Während es draußen langsam dunkel geworden ist, hat die Soili dem Brenner erzählt, wie sie ihre Mutter zur Rede gestellt hat, ob es stimmt, dass ihr Vater selber der bewaffnete Bankräuber war.

Und oft, wenn man bei einer großen Lüge ertappt wird, freut man sich, wenn man sich wenigstens an einer Kleinigkeit festhalten kann. Jetzt hat die Frau Maric ihrer Tochter zumindest beweisen wollen, dass ihr Vater unbewaffnet in die Bank gefahren ist.

»Sie wollte verhindern, dass er bei dem Überfall eine Waffe dabei hat. Wenn man eine Waffe in der Hand hat, kann es leicht passieren, dass man auch abdrückt.«

»Und du hast dann die Waffe in der Hand gehabt, wie du zum Köck ins Stadion gefahren bist.«

»Zuerst hab ich sie nur in der Handtasche gehabt. Ich wollte ihn nur zur Rede stellen, dass er meinen Mann nicht mehr belästigen soll, weil er krank ist und sich sowieso zurückzieht. Dann hat der Köck gesagt: Du bist doch die Tochter vom Saarinen. Und ein Wort ergibt das andere. Ich hab zu ihm gesagt, es reicht, dass du meinen Vater ins Grab gebracht hast. Weil meine Mutter hat mir erzählt, dass der Köck damals der Anstifter war. Und der Köck grinst blöd und sagt: Dein Vater hätte fast mich ins Grab gebracht. Er hat behauptet, dass sie zu zweit im Tresorraum waren. Der Brenner und der Erwin wären im Schalterraum draußen gewesen. Stimmt das überhaupt?«, hat die Soili jetzt gefragt.

Der Brenner hat genickt.

»Aber das andere hat eben nicht gestimmt. Weil der Köck hat behauptet, ihr habt Hals über Kopf flüchten müssen, weil mein Vater angefangen hat, blöd herumzuballern.«

»Uns hat der Köck das auch so verkauft. Dass der Saarinen geschossen hat.«

»Ich hab zum Köck gesagt, mein Vater kann nicht herumgeschossen haben. Er hat seine Pistole daheim gelassen. Dann hab ich erst die Pistole herausgenommen und ihm gezeigt.«

»Und was hat der Köck gesagt?«

»Er hat gesagt, wenn ich will, zeigt er mir auch etwas. Dann hat er ein Foto herausgesucht.«

Der Brenner hat jetzt auch das Foto aus seiner Tasche geholt und auf den Tisch gelegt. Die Soili hat genickt. Der Brenner hat ihr erklären müssen, woher er das Foto hat, und die Soili hat es sich ziemlich ungerührt angehört und dann geantwortet:

»Der Köck hat zu mir gesagt: Vielleicht war der Saarinen gar nicht dein Vater. Er hat gesagt: Deine Mutter war sehr lebenslustig, die hat mit uns allen gevögelt.«

»Mit mir nicht«, hat der Brenner gesagt, als wäre das der wichtigste Teil an der Geschichte.

»Der Köck hat zu mir gesagt: Vielleicht bist du mit deinem Vater verheiratet. In dem Moment ist ihm das Foto auf den Boden gefallen. Und während er sich danach bücken wollte, hat er gesagt: Vielleicht bin sogar ich dein Vater.«

»Dann hast du abgedrückt.«

»Wenn man eine Waffe einmal in der Hand hat.«

»Wie deine Mutter immer schon gesagt hat.«

Und die Soili jetzt düster bis dort hinaus: »Und was hat sie damit erreicht, dass sie ihm die Pistole weggenommen hat?«

Der Brenner hat bemerkt, dass sie in einer Stimmung ist, wo sie gleich wieder damit anfangen wird, dass sie sich stellen möchte. Und damit er sie auf andere Gedanken bringt, hat er sie ein bisschen angetrieben, dass sie zusammenpacken soll.

»Es ist besser, du wohnst bei mir, bis der Tomas wieder da ist.«

Ich glaube, die Soili war auch froh, dass sie aus dem kalten Loch hinausgekommen ist, weil sie hat nicht lange überlegt. Aber dass sie sogar auf dem Moped mitgefahren ist, das hat den Brenner schon gewundert.

Er hat ihr den Helm gegeben, aber sehr intelligent war das nicht, ohne Helm und mit dem viel zu lauten Moped quer durch Graz zu knattern. Weil zum Auspuff-Reparieren hat er natürlich immer noch keine Zeit gehabt. Da hätte es verdammt leicht passieren können, dass die Polizei ihn noch in letzter Sekunde aufhält. Und wenn du mich fragst, hat er da sogar ein bisschen die detektivische Sorgfaltspflicht vergessen, dass da einfach ein tiefer Wunsch mit ihm durchgegangen ist: Einmal mit der Soili Moped fahren, Fahrtwind und alles.

Und für mich war es auch gut, weil dadurch hab ich sie natürlich sofort gehört, wie sie vor dem Haus vorgefahren sind.

# 19

Wie die Soili im Vorhaus den Helm abgenommen hat, ist dem Brenner aufgefallen, wie erleichtert sie war.

»So ein nettes Haus«, hat sie geschwärmt, während der Brenner die Küchentür aufgemacht hat.

»Das Neonlicht hier herinnen ist leider ein bisschen ungemütlich«, hat er sich entschuldigt.

Und dann hat der Brenner wirklich geglaubt, ihm setzt der Verstand aus. Wochenlang hat er sich und dem Dr. Bonati in Puntigam links eingeredet, dass der Kripochef in der finsteren Küche mit der Pistole in der Hand auf ihn gewartet hat. Und jetzt steht der Major Heinz wirklich in der finsteren Küche mit der Pistole in der Hand.

»Mach die Tür zu, Soili«, hat der Heinz ruhig gesagt.

Erkannt hat der Brenner ihn sofort, im ersten Flackern des Neonlichts, obwohl sein Gesicht über und über zerschunden war. Weil das ist eben der Nachteil bei der Selbstjustiz, dass man oft zu sehr auf das Sympathisch-Amateurhafte setzt, und der Amateur sagt, wir wollen nicht eine kalte Maschinerie sein, sonst könnten wir es gleich den Staatlichen überlassen. Sicher, ich kann das verstehen, aber ganz ohne dings geht es eben auch wieder nicht. Weil wenn du einen Kripomajor und Doppelmörder in einem Campingwagen ohne Bremsen spazieren fährst, ist die Gefahr viel zu groß, dass du unterwegs im Straßengraben landest.

»Was ist mit dem Tomas?«, hat die Soili geschrien.

»Brauchst dich nicht sorgen um deinen Zigeuner. Davonrennen kann er besser als Auto fahren.«

Der Heinz ist vor der alten Kredenz gestanden, die schon älter war als der Brenner selber. Der Brenner mitten in der Küche. Die Soili hinter dem Brenner, noch fast bei der Tür.

»Komm her, Soili«, hat der Heinz gesagt.

Aber der Brenner: »Nicht, Soili, geh nicht hin.«

Und der Heinz sagt, dass er ihr nichts tun will, dass er nur nicht will, dass sie sich stellt, weil sie damit ihn auch hinhängt. Ich muss ehrlich sagen, er hat eigentlich ganz vernünftig geklungen.

Aber gut, ich hab ihn ja nur gehört. Seine Stimme hat ganz vernünftig geklungen. Gesehen hab ich ihn ja durch die Küchentür nicht. Aber der Heinz hat so laut geredet, dass ich auch im Vorhaus noch jedes Wort verstanden habe, und so gut schließen die alten Küchentüren ja nicht.

Hineingehört haben sie mich natürlich nicht, ich kann sehr leise über Stiegen gehen. Die Großmutter vom Brenner hat mich deshalb sogar immer »Hausgeist« genannt, aus einer gewissen Bewunderung heraus. Du musst wissen, sie hat mir das Mansardenzimmer damals vermietet, ich glaube, sie wollte einfach, dass das Zimmer nicht ganz leer ist, dass da ein bisschen Leben hineinkommt. Günstige Miete, ja was glaubst du, BUWOG nichts dagegen. Jetzt bin ich da nie wieder ausgezogen, und später, wie dann der Reihe nach alle gestorben und ausgezogen sind, habe ich immer mit einem gewissen Interesse verfolgt, wie es dem Brenner so geht in der weiten Welt draußen.

Aber nicht dass du glaubst, es war einfacher für mich, wie er wieder nach Puntigam gekommen und in das Haus eingezogen ist. Im Gegenteil, weil der Brenner als Mitbewohner schon ein bisschen ding. Wie er mir da in aller Herrgottsfrüh den Eric Burdon aufgedreht hat, dass ich senkrecht im Bett gestanden bin, das war nicht mehr lustig.

Oder jetzt die Sache mit dem Heinz. Du musst wissen, mein oberstes Prinzip war über all die Jahre das Prinzip der Nicht-Einmischung. Interesse ja, Sympathie ja, Einmischung nein. Aber soll ich vielleicht durch das Schlüsselloch zuschauen, wie mir der Heinz den Brenner erschießt?

Wie ich die Tür aufgerissen habe, war ich in der ersten Sekunde richtig geblendet von dem Neonlicht in der Küche. Ich hab das ja nie verstanden, dass die Großeltern vom Brenner in der Küche ein Neonlicht installiert haben, aber gut, damals hat man das eine Zeit lang so gehabt, und später hat sich nie jemand darum gekümmert, dass man das ausgetauscht hätte.

Von mir aus gesehen ist die Soili mehr rechts gestanden, weil die muss genau in dem Moment, wo ich die Tür aufgerissen habe, einen Schritt weg vom Brenner gemacht haben, ich weiß nicht, wollte sie doch dem Heinz gehorchen, um den Brenner zu schützen, oder hat sie aus Schreck, weil die Tür aufgegangen ist, diesen Schritt nach rechts gemacht. Und der Brenner direkt vor mir. Den Heinz hab ich zuerst gar nicht gesehen, weil von mir aus gesehen der Brenner vor dem Heinz.

Vom Heinz aus gesehen ich direkt hinter dem Brenner, die Soili vom Heinz aus gesehen links. Vom Brenner aus gesehen die Soili rechts, weil der Brenner hat zum Heinz hingeschaut, ich auch zum Heinz hingeschaut, aber ich hab nur seine Augen gesehen. Die Pistole, mit der er auf den Brenner gezeigt hat, habe ich immer noch nicht gesehen. Aber natürlich, du erkennst eine Pistole daran, wie die anderen dastehen. Gespürt hab ich sie. Gesehen nicht. Gehört auch nicht, keinen Schuss gehört.

Jetzt warum weiß ich auf einmal, der Heinz muss geschossen haben. Pass auf. Der Brenner reißt auf einmal beide Hände in die Luft, fast ein Sprung war das, weniger wie ein Leibwächter, mehr aus dem Schreck heraus, und ich denke mir noch, der Stich in seiner linken Hand, das schaut ja aus wie beim reinsten Jesus oder bei diesem Pater Pio, den sie in Italien so anbeten, weil der hat diese Wundmale gehabt, die zu den hohen Feiertagen zu bluten angefangen haben, und im selben Moment sehe ich, wie der Brenner in der anderen Hand auch, also rechts, auf einmal sehe ich, er blutet ja in der rechten Hand auch, und ich denke mir noch, wenn man einem Menschen mit einer wahnsinnigen Geschwindigkeit in die Hand schießt, kann man ihn töten, und ich denke mir noch, der Brenner wird mir doch nicht, zuerst nur ein kleines Loch, aber ob du es glaubst oder nicht, noch bevor ich überhaupt einen Schuss höre, wird das Loch immer größer, zuerst nur ein kleines Loch, aber jetzt, und ich denke mir noch, wie kann ein Loch in der Hand größer als die Hand selber sein, und ich denke mir noch, ich habe noch nie ein Loch gesehen, das so schnell näher kommt, und ich dingse mir noch, wie kann ein dings in der Hand so groß sein wie das Arnold-Dingsenegger-Stadion, und das schießt so schnell aus der hochgerissenen Hand vom ding, vom vom vom wie heißt er schnell, vom ding, vom vom vom, dass ich, und ich höre noch ding wie wie wie ding und ding und riesenrotes Loch und ganz gewaltig ding und ich ding und ich ding ding ich ding ding ding ding ding ding ding ding ding ding ding ding ding ding ding ding ding ding ding ding ding ding ding ding ding ding ding ding ding ding ding ding ding ding ding ding ding ding ding ding ding ding

ding ding ding ding ding ding ding ding ding ding ding ding
ding ding ding ding ding ding ding ding ding ding ding ding
ding ding ding ding ding ding ding ding ding ding ding ding
ding ding ding ding ding ding ding ding ding ding ding ding
ding ding ding ding ding ding ding ding ding ding ding ding
ding ding ding ding ding ding ding ding ding ding ding ding
ding ding ding ding ding ding ding ding ding ding ding ding
ding ding ding ding ding ding ding ding ding ding ding ding
ding ding ding ding ding ding ding ding ding ding ding ding
ding ding ding ding ding ding ding ding ding ding ding ding
ding ding ding ding ding ding ding ding ding ding ding ding
ding ding ding ding ding ding ding ding ding ding ding ding
ding ding ding ding ding ding ding ding ding ding ding ding
ding ding ding ding ding ding ding ding ding ding ding ding
ding ding ding ding ding ding ding ding ding ding ding ding
ding ding ding ding ding ding ding ding ding ding ding ding
ding ding ding ding ding ding ding ding ding ding ding ding
ding ding ding ding ding ding ding ding ding ding ding ding
ding ding ding ding ding ding ding ding ding ding ding ding
ding ding ding ding ding ding ding ding ding ding ding ding
ding ding ding ding ding ding ding ding ding ding ding ding
ding ding ding ding ding ding ding ding ding ding ding ding
ding ding ding ding ding ding ding ding ding ding ding ding
ding ding ding ding ding ding ding ding ding ding ding ding
ding ding ding ding ding ding ding ding ding ding ding ding
ding ding ding ding ding ding ding ding ding ding ding ding
ding ding ding ding ding ding ding ding ding ding ding ding
ding ding ding ding ding ding ding ding ding ding ding ding
ding ding ding ding ding ding ding ding ding ding ding ding
ding ding ding ding ding ding ding ding ding

# Jimi Hendrix in Graz

Großartige Stimmung beim gestrigen Benefizkonzert zugunsten der Obdachlosenhilfe im Grazer Vinzidorf. Die erst vor wenigen Wochen formierte Band »Puntigam links« verwandelte das Festzelt in einen wahren Hexenkessel. Der virtuose Sologitarrist wurde von den Zuschauern auch wegen seiner verblüffenden äußeren Ähnlichkeit als der »Grazer Jimi Hendrix« gefeiert. Es war ein friedliches Volksfest im Dienst der guten Sache ohne die geringsten Zwischenfälle, wie der ehrenamtliche Sicherheitschef Würnitzer dem *Gratis Grazer* bestätigte.

Der Grazer Bürgermeister erklärte in seiner kurzen Ansprache, dass ein solches Fest der Menschlichkeit die beste Antwort auf die erschütternden Vorfälle in den letzten Wochen sei, eine hervorragende Gelegenheit, der Öffentlichkeit das andere, das wahre Graz zu präsentieren. Besonders herzlich begrüßte er in diesem Zusammenhang die Witwe des vor wenigen Wochen verstorbenen Chefs der Grazer Kriminalpolizei. Wie vom *Gratis Grazer* ausführlich berichtet, wurde Brigadier Aschenbrenner mitten im nervenaufreibenden Kampf gegen die Unterwanderung der Grazer Kriminalpolizei durch die Drogenmafia aus dem Leben gerissen.

Durch das Ableben des Kripochefs geriet seine Witwe ins Visier der mörderischen Drogenbande. Der korrupte Drogenpolizist Major H. vermutete richtig, dass Frau Aschenbrenner das Versteck der ihn belastenden Mordwaffe im Fall des Stadion-Hausmeisters Köck kannte. Wie vom *Gratis Grazer* berichtet, verschleppte er sie in ein vermeintlich verlassenes Haus in Puntigam, wo er allerdings von einem alten Bewohner überrascht wurde. Diesen tötete er kaltblütig mit einem Kopfschuss. Ballistische Untersuchungen haben inzwischen den einwandfreien Beweis erbracht, dass mit derselben Waffe auch die beiden Zeugen des Stadionmordes erschossen wurden. Nach wie vor ungeklärt und Gegenstand wilder Spekulationen ist die Identität jenes Mannes, der Soili Aschenbrenner das Leben rettete, indem er den Major H. erschoss. Nach Aussagen der Witwe hatte sie den Mann nie zuvor gesehen.

Selbstverständlich respektiert der *Gratis Grazer* den Wunsch der Witwe, nicht mehr über diese tragischen Ereignisse sprechen zu wollen. Denn nichts hätte den vom Bürgermeister in seiner Ansprache geforderten völligen Neubeginn deutlicher unterstreichen können als das positive Vorbild der leidgeprüften Witwe Aschenbrenner, die ihre Begeisterung für das mitreißende Konzert nicht verbarg. Ihr galten die Sympathien aller Anwesenden, und nur zu gerne hätten viele erfahren, wer jener geheimnisvolle Freund war, der sie in den frühen Morgenstunden auf seinem alten Moped entführte. »Das bleibt mein Geheimnis«, verriet Soili Aschenbrenner exklusiv dem *Gratis Grazer*.